悪魔の封印

眠る株券

目次

1　ファンド・マネージャー

スイス、チューリッヒ。

中心街にあるサボイ・ホテル・ボー・アン・ビルは、訪れる度に愛着の深まる五つ星ホテルだ。控え目な豪華さが、この国を象徴するようで好ましい。

スイスの二月としては珍しく晴れて暖かなその日、私はダイニング・ルームで遅めの朝食をとっていた。

隣のテーブルから綺麗《きれい》な発音のアメリカン・イングリッシュが聴こえてきた。見ると、黒いスーツのブロンドの女が資料を使いながらスイス人らしい男に説明をしている。女が石油メジャーのIR（投資家担当）であることはすぐに分かった。

つい数ヶ月前まで、私自身が女の目の前にいる男と同じ仕事、ファンド・マネージャーと呼ばれる職業に二十五年の間就いていたからだ。

疲れた、というのではなく、心の裡《うち》に倦《う》んだ何かを感じた私は、昨年を限りにリタイヤした。

五十という年齢に達したことも理由のひとつに出来なくもない。

リフレッシュを兼ねて、仲の良かった昔の仕事仲間にそのことを伝えようと、ニューヨーク、ロンドン、ミュンヘン、ミラノと巡って三週間が経《た》っていた。明日の朝の便で東京に戻る予定になっている。

あと僅《わず》かで終わる旅に残された予定は、チューリッヒ美術館でジャコメッティの作品群を観《み》ることと、以前自分が部下として世話になった人物と会うことだけだった。

純白のクロスが敷かれたテーブルの端に真鍮《しんちゅう》製の大きなタグの付いたルーム・キーとスマートフォンを並べて置いてある。

メールが入ってきた。

文面に目を走らせてからコーヒーを呑《の》み干し、その場を名残惜しく感じながら私は席を立った。

石油の需給動向と価格予想、収益見通しと株価の行方。隣席の二人は静かに熱く議論を続けている。

窓の外はアルプスが放った陽光に溢《あふ》れていた。

ホテルの玄関からタクシーに乗り、メールに記された住所を運転手に見せると、メルセデスは石畳の市街路を走りだした。

三十分ほどで目的地が見えてきた。

私がかつて働いたスイス・クレジット・ユニオン・バンク（SCUB）の特別施設だ。数万坪の敷地の中に、多目的ホールやグラウンド、テニスコートなど、行員の研修やレクリエーションのための施設が設けられている。

ガードマンのチェックを受け正門を過ぎると芝生の庭園が続いた。そこかしこに置かれている金属製の現代彫刻が鋭い光を反射してくる。ガラスとアルミ、そしてコンクリートを組み合わせた建物の前でJは待っていた。

東京支店で五年の間、Jは私の上司として資産運用部門の総責任者を務めていた。私より一回り年上だが友達のように付き合ってくれた。スイス人は日本人に似て島国根性だが、義理人情を理解する。Jもそんな男だった。

「すまんね、こんなところまで」

「いえ、ドライブ日和ですから」

雑談をしながらJのオフィスまで長い廊下を歩いた。案内されたガラス張りの広い部屋の大きな窓からは明るい庭園が一望出来た。

来客用のソファに腰をかけてから、私はファンド・マネージャーを引退したことを改めて話した。Jは、残念だが君の気持ちは理解出来ると言った。Jも長く資産運用に従事した経験がある。

クラシックの熱心なファンであるJは、昨年バイロイトで見た新しい演出家の『指環』が退屈だったことや、ウィーンで聴いた内田光子のシューマンに感激したことを語り、私への感謝を口にした。かつて内田のピアノの素晴らしさを彼に教えたのは私だった。

「私をここへ呼んだのは、コンサートでもあるからですか?」

私は、ここがオーケストラが演奏出来るホールを備えていることを知っていた。

「残念ながらそうじゃない。次回は必ずそんな時に招待するよ。実は、君に頼みがあるんだ」

そう言ってJは話を始めた。

Jは今プライベート・バンキング部門のトップになっていた。世界中の富裕層の資産を管理する部門だ。顧客は個人で、日本円にしておよそ五十億円以上の金融資産を持つ人々が対象になる。

「うちのとある重要な顧客が昨年暮れに大往生を遂げてね。その遺産を相続したのが、ひとり息子で私の古くからの友人なんだ。我々は遺産の整理に協力した。すると何十年もの間、開けられた記録のない金庫をうちが管理していることが分かった。その金庫は第一次世界大戦直後に作られた当行に現存する最も古いものだ。それで、ここからは内密に頼むが……」

Jはそう言い一呼吸置くと、

「その金庫はこの施設内にある。我々はその友人と共に先日その金庫を開けた。すると、中から古い有価証券が数種類出てきたんだ。そこには、日本の株券も……何ていったかな？　ほらあの大きな布……そう！　FUROSHIKI《風呂敷》に包まれて保管されていた。そして、株券と一緒に細かく日本語で書かれたノートが出てきたんだ。それを……」

と言って私を窺《うかが》うように見た。

「私が読んで遺産に関《かか》わる重要なことが書かれていないかどうか調べてほしい……でしょ？」

Jは笑顔で頷《うなず》きながら、

「君とは、やはり以心伝心だな」

と言い、自分が信頼出来る日本人にしか、こんな頼みは出来ないのだと付け加えた。

「その人は日本と関係があったんですか？」

「第二次大戦前、貿易の仕事をしていたらしい。だから、戦前の日本へも足を運んでいたようだ。申し訳ないが、本当にいいかな？」

「もちろん。でもこれで、美術館には行けなくなりそうだから、夕食は奢《おご》って下さいよ」

「チューリッヒに東京のような良いレストランはないが、ワインだけは最高のものを揃《そろ》えている店がある。そこにお連れするよ」

「分かりました。じゃあ、早速かかります。でも、まさかその金庫まで目隠しとかされるんじゃないでしょうね？」

笑いながら私は訊《たず》ねた。

「いや、そのまさかだ。ただ手を引くのは私じゃなくて美しいご婦人だから許してくれ」

Jは一旦《いったん》オフィスを出て数分後、係の人間らしい中年の女性を伴って戻った。

そして、私はどこからも光が漏れないようしっかりとしたアイマスクで目隠しをされ、その女性に手を引かれて歩いた。

毛の短いカーペットの上を五分ほど歩いた後、二度エレベーターに乗り降りさせられた。次にリノリウムらしい廊下をまた五分ほど歩くと、三度目のエレベーターに乗った。

それは酷《ひど》く緩慢な動きで降りていった。密閉された暗黒の時間の中で私は少し不安になっていた。ゴトンと衝撃があってエレベーターが止まった。扉が開くと湿り気のある空気が入り込んできた。トンネルのように足音が響く場所を歩いた後、重い金属性のドアが開けられる音がして中に入った。

そこで、椅子《いす》に座らされた。

「いま取るから、目が慣れるまでしばらく座っていてくれ」

目隠しが外され、私は目を一瞬開いては強く閉じ、それを何度も繰り返して目を慣らした。そうして目の前に浮かんだものは、息を呑むような光景だった。

そこはコンクリートで固められた巨大な洞窟《どうくつ》の中で、二十メートルほど先に分厚いガラスの仕切りがあり、その向こうには黒光りする鋼鉄製の金庫がコイン・ロッカーのように何百と両側に並べられていた。

富の墓場のようだった。

「核ミサイルの直撃を受けても、ここは大丈夫だ。世界で最後に残る場所だよ」

私はそれを聞いて笑いながら訊ねた。

「ヒトラーやナチの幹部も、ここに財産を預けていたんでしょうね？」

Ｊは何も答えず私を案内した女性を伴ってガラスの仕切りに向かった。

こちらからは分からなかったが、仕切りの一部は大きくスライドするように出来ていた。Ｊが重そうにそれを開けると二人は中に入り、五メートルほど進んだところで止まった。中段の金庫の鍵穴《かぎあな》にそれぞれが持つ大きな鍵を交互に挿入して開錠し、中から包みを持って戻ってきた。

紛れもなく日本の風呂敷包みだった。藍染《あいぞ》めなのに「ＳＺＫ」のロゴがいくつも白抜きされている。天井からＬＥＤペンダント照明が下がる大きなテーブルの上でその風呂敷は広げられた。

金庫内がどのように密閉されているのか分からないが、黴臭《かびくさ》さは一切ない。出てきた帳面も株券も、まるで昨日仕舞われたかのようで、奇妙なほど新鮮だった。

株券は束になっていて、『帝國人造絹絲株式會社《ていこくじんぞうけんし》』と書かれている。ノートは事務用に使われるような一般的なノートで、それにもSZKと印刷されていた。

Jはそのノートを手に取ると隣室に私を案内した。小振りの机と椅子が置かれている。そこで私はひとりになって読み込む作業を開始した。時計を見ると午前十一時を過ぎていた。

ノートの頁《ページ》を繰ると黒インクで書かれた小さな字が几帳面《きちようめん》にびっしりと並んでいる。それは書き手の怨念《おんねん》のような何とも言えない気味の悪さを感じさせた。

私は出てくる日付や人物名などをメモに取りながら整理を進めていった。

「どうだい？」

始めて三十分ほど経った時、Jが部屋に入ってきて訊ねた。

「これはどうやら、昔の経済事件の記録ですね。ただ、面白いことに……まるで映画のシナリオのようなんです」

登場する人間たちの台詞《せりふ》が生々しく書き込まれ、ト書のような記述がなされていたのだ。

Jは少し驚いた表情を見せた。

「ネットを使いたいんですが」

JはノートPCを用意してくれた。

私はいくつかの言葉を入力していった。

「帝国人絹　株　台湾銀行」

すると、『帝人事件』、『番町会』という言葉が出てきた。

午後一時に軽食が運ばれ、休憩を挟みながら作業を進め、整理し終わった時には午後四時を回っていた。

記述に登場する人間の数が多く一読すると複雑だったが、ネットからの情報などと照らし合わせながら整理を進め、何とか纏《まと》め終わった。

私はJに説明を行った。亡くなった顧客の名前は一切出てこず、株券と故人との繋《つな》がりは全く掴《つか》めないことを話した。

Jはそれを相続した人物にメールで伝えた。

その夜、Jはチューリッヒ市街から少し離れた小体《こてい》なフレンチ・レストランに私を連れていった。

メインの仔羊《こひつじ》料理を年代物のピノ・ノワールで味わっている時だった。件《くだん》の相続人からJに連絡が入った。私と香港《ホンコン》で落ち合えないか、というのだ。その人物は出張で香港に滞在中ということだった。

「いたって身軽なやもめ暮らしです。急いで東京に戻る必要もありませんから、いいですよ」

Jには甚《いた》く感謝されたが、食いしん坊の私にとっては渡りに船だった。

鏞記酒家《ヨンキーレストラン》でピータン生姜《しょうが》を食べるのも悪くないと思ったのだ。

◇

チューリッヒ発のエアバスA－340は曇天の香港国際空港に到着した。ターミナル・ビルの外に出ると空気は湿り気を帯びて柔らかく、二月とはいえ初夏のような暖かさだ。

私はタクシーに乗り込み、ホテルの名前を運転手に告げた。空港エリアから市街へ向かうハイウェーに入ると雨が降りだしてきた。

運転手は客の私にはお構いなしに無線で何やら大声で喋《しゃべ》っている。雨脚が強くなりワイパーがせわしなく動きだした。そのリズムと雨音が理解不能の広東語《カントニーズ》と調和して小気味良い。

私は返還前の啓徳《カイタック》空港時代を思い出していた。

着陸直前、旅客機は市街地の混み合うビルの隙間《すきま》を滑空し、万国旗のような洗濯物に手が届きそうになる。到着ゲートでは料理油や香辛料の匂《にお》いがした。ターミナルはバラックのように狭く、いつも薄汚れていた。ただ訪れる度に懐かしさを覚えるのだ。巨大で浄化された今の空港には何度来ても馴染《なじ》めない。

長旅の疲れで少し眠り込んだ。眼《め》が覚めると既に青馬大橋を渡り終え九龍のダウンタウンの中だった。雨はあがり日差しが零《こぼ》れてきた。

タクシーは香港島に入り、中環《セントラル》にあるコンラッドの玄関で停まった。このホテルは金融街に近く地下鉄など交通の便が良い。

チェック・インを済ませ時計を見ると午後二時を過ぎたところだった。フロントで封筒を受け取った。部屋に入って開封すると、今晩の待ち合わせ場所が記されたファックスが入っていた。約束の時刻は六時となっている。仮眠を取ることにして、二時間ほど眠った。

私は五時半に支度を終えて、部屋を出た。

「カジュアルで」とあったがジャケットは着ることにした。玄関でドア・マンにファックスを見せタクシーに住所を伝えてくれるように頼んだ。ドア・マンは怪訝《けげん》な顔つきで、本当にここへ行くのかと訊《き》いてきた。ファックスの宛名《あてな》は私だから間違いない筈《はず》だ。そうだと応《こた》えると、必ず運転手に店の前まで行ってもらうこと、そして、帰りも必ず店でタクシーを呼ぶようにと念を押す調子で言う。私は少し不安になった。

タクシーは九龍地区に入り、ビクトリア湾岸の啓徳に近い倉庫街の一角にある食堂の前で停まった。明かりを点《つ》けた店は一軒だけで、辺りは暗く静まり返っていた。海からの塩気のある生暖かい風が流れている。

気味の良い場所ではなかった。店の外にはいくつも大きな水槽が置かれていた。アマダイや海老《えび》が泳ぎ、鮑《あわび》が蠢《うごめ》いている。

店に入ると南方系の顔立ちの若い女が、こちらを向いてぽつんと座っていた。客はまだ他に誰もいなかった。私を見ると座ったまま奥にあるテーブルを指差した。その彼女の動きが、どこかぎこちない。よく見ると椅子の上に正座をしている。しかし、さらによく見て私は息を呑んだ。彼女の両足は膝《ひざ》から下がなかった。

「枯葉剤です」

その英語に驚いて振り向くと、学者のような顔立ちの初老の白人男性が立っていた。

「店の主人の娘です。母親はベトナム人でしてね。ベトナム戦争の最中に激戦地で生まれたんです。成人してから香港に来て結婚し授かったのが彼女です。アメリカも非道《ひど》いことをしたものです。何代にもわたって不幸が連鎖するのですから――」

言い終えると手を差し出し自己紹介をした。握手をしながら私のことはJから聞いていると言った。

「日本の方は香港を食べ尽くしていますから、まずいらっしゃったことがない店にしました。ここには特別な紹興酒がありますし、最後に出る蟹味噌《かにみそ》のソバは絶品ですよ」

我々がテーブルにつくとすぐに料理が出された。ハタと茄子《なす》の蒸し物や大蝦蛄《しゃこ》の炒《いた》め物、豚の皮の入ったフカヒレスープなどが次々と登場し、どれも非常に美味だった。

私はチューリッヒでのことを話した。

最も重要な、株の所有権の故人への帰属に関する記述がノートにはないこと。それどころか、故人の名前は一切出てこないこと。そして、ノートに記されている様々な人間を巡る贈収賄の内容、つまり『帝人事件』と呼ばれる一九三四年に起きた疑獄事件の内容を話した。

「父が、二十四歳の時ですか。日本に行ったことは確かなようなのですが……」

彼の父親、ステファン・デルツバーガーはスイスの立志伝中の人物だった。

「デルツバーガー家は代々、零細な酪農家だったのですが、父は幼い頃から学業優秀で独学で工学と化学を学び、スイスを出て二十歳でイギリスのサミュエル・ジャクソンに入社したのです」

サミュエル・ジャクソンで機械製品や薬品の貿易に携わった後に独立し、第二次大戦後スイスで高級テキスタイル・メーカー、S&Dを興し世界的企業にまで育てた。

「石油ショックで繊維ビジネスに見切りをつけて全《すべ》ての事業を売却しました。その資金でSDトラストを設立したわけです。その辺りの思い切った事業転換の才能は父親ながら凄いと思います」

私もSDのことは知っている。ロンドンを拠点とする中堅投資銀行で様々なM&Aの仲介業務を手掛けていた。八〇年代半ばに米国の大手投資銀行からの買収提案に応じたデルツバーガーは巨万の富を手に引退している。

「五年前にアルツハイマーを発症しましてね。インターラーケンにある特別施設で治療を続けていたのですが、二年ほど前からは私が誰かも分からなくなりました。そして、私を含め男を見ると怯《おび》えるようになったので、会いに行くのも控えていたのです」

私は、故人から日本との繋がりを聞かされたことはないかと訊ねた。息子である彼自身も投資の仕事を生業《なりわい》にしていて日本についての知識はあるが、父親と日本の話をした記憶は全くないという。父親は日記をつけない人間で、過去のことを話すのも稀《まれ》だったらしい。

だが、病気の進行によって意識に過去が混入するようになってから、子供の頃の出来事を口にするようになったという。まるで過去の人物が目の前にいるかのように口にしていたとの、介護で付き添った女性の話を語った。

「そして、亡くなる数週間前、YOKOHAMAとかFUJIYAMAという言葉が突然出てきて……日本人と思われる名前を叫び『あいつは悪党だ。本物の悪党だ』と言ったらしいのです」

「何と言う名前だったんですか？」

「Kで始まるのは確かだと言うのですが、介護の女性はどうしても思い出せないと言っています。失礼ながら日本人の名前は発音が難しくて、我々には記憶しづらいのです」

「株券を包んでいた日本の風呂敷、それにノートにもSZKと入っていますが、何か心当たりはありませんか？」

私は訊ねてみた。

「それも皆目、見当がつきません……」

私は酔いを感じ、ゆっくりと息を吐きだした。紹興酒が回ったようだった。

蟹味噌のソバが運ばれてきた。

細い平麺《ひらめん》に絡められた豊かな風味は満腹感を一掃させ食欲を掻《か》き立てた。

そして、デザートの濃厚な杏仁《アンニン》豆腐とマンゴープリンまで平らげ、私は満足の裡に夕食の礼を丁重に言った。

「父の過去には興味を惹《ひ》かれます。財産のことより日本で何をしていたのか、何故《なぜ》、歴史的な事件と関わったのか、どうしても知りたい。実は、父の過去には空白の期間があります。第二次大戦の前後に何をしていたかが分かっていません。それを私はずっと知りたいと思っていました。日本でのことは、それを知る大きな鍵になると思います。何とか力を貸して頂けませんか」

私は曖昧《あいまい》にしか返事が出来なかった。

ビクトリア湾に汽笛が低く響いた。

◇

香港から日本に戻った私は、自分自身の身と心の落ち着き先を見つけられなかった。二十五年続けたファンド・マネージャーという仕事を離れ、リフレッシュのために廻《まわ》った旅の最後で遭遇した歴史の暗部に取り憑《つ》かれたようだった。

人生のエアポケットに、それは絶妙のタイミングで入り込んできたのだ。溜池《ためいけ》にあるSCUB東京支店のプライベート・バンキング・フロアーに、Jは私のための特別な個室を用意させた。

その部屋の端末から、スキャンされたSZKのノートの情報にアクセス出来る。重要顧客の資産であるだけにコピーは厳禁で、私だけが閲覧を許された。

Jは私に、ノートに記された「事件」、歴史の中で『帝人事件』と呼ばれるものとステファン・デルツバーガーとの関係についての調査を懇願してきたのだ。Jの友人である相続人のたっての願いを聞いてやってほしいと。Jには長年の恩義がある。

私は帰国してからも帝人事件と関わらざるを得なくなってしまった。

次の仕事を何にしていくか、まだ決めていない私には時間がある。それにファンド・マネージャーとしての経験から調査・分析には自信がある。時代を構造的に捉《とら》えたり、事件に出てくる人間や組織を要素に分解して考えてみることにも興味があった。

自宅マンションに近い有栖川《ありすがわ》公園内にある都立中央図書館や国会図書館へ、私は帝人事件に誘われるように通い詰めることになった。

帝人事件、といっても今や人々の口の端に上ることはまずない。

だが、それはロッキード事件やリクルート事件を遥《はる》かに上回る規模で昭和九（一九三四）年に起こった大疑獄事件だった。

帝国人造絹糸株式会社の株の売買を巡る贈収賄事件で、閣僚や高級官僚、財界人など十六名が検挙される大スキャンダルとなり、時の斎藤実《さいとうまこと》内閣はその責任を問われて総辞職している。

調べを進めてまず分かったことは、捜査や裁判の規模が常軌を逸していることだ。

予審喚問での証人数一八五名、公判では一四〇名、公判開廷数は実に二六五回に及び、弁護士数は五六名という、裁判史上空前の規模が展開されている。その膨大な記録を前に気が遠くなる思いがした。

この事件が特異なのはその裁判の進行だった。予審の過程で、ほぼ全員が犯罪を自白し、公判において全員が否定するという、極めて異例な経過を辿《たど》っている。

「多数の自白」

この事件の大きな謎《なぞ》が、まずそこにあった。

私は事件の詳細を正確に把握し整理するために三つの大項目ファイルを作った。

それぞれ、『政』、『官』、『民』とした。

次に小項目を作成し、A4のクリアファイルにラベルライターで打ち出した項目名を貼《は》り付け、当時の新聞記事や関連書籍のコピーを入れていった。

『民』の小項目として、財界、財閥（三菱・三井）、番町会、台湾銀行、帝国人造絹糸株式会社、鈴木商店、金融恐慌、昭和恐慌、株式制度、時事新報……が出来上がった。

小項目を記したファイルに情報が溜まったところでSBL（スクエア・ブロック・ルーズリーフ）という独自のA4サイズのルーズリーフに手書きで情報を纏《まと》めていく。

九つのマスで構成されたオリジナルのノートで、中央のマスに項目名を記し、その下のマスから「の」の字に情報を書き綴《つづ》っていくのだ。

こうすることによって情報がマスごとに括《くく》られて整理が出来、纏めと他の情報へのアクセスが容易になる。

こうして、まず事件の中心人物がどのように株と関わり、財界の人脈を駆使しながら帝人株の売買仲介に至ったかを把握した。

次に年表を作り、項目で纏めたことを時系列に記入していった。年表は大項目の『政』、『官』、『民』の三つに分けて作成した。

それによって、『官』の側、特に大蔵省と検察との確執が帝人事件の背景にあることが分かった。

そのようにして事件の整理を行っていったのだが……私は混乱に陥ってしまった。

帝人事件なるもの、調べれば調べるほど分からなくなるのだ。それは奇妙で捉えどころがなく、様々に人を惑わせる不可解な要素に溢れていた。

私は仕事柄、分析の過程で数学の概念を用いることが多い。数学の世界が、直感的に理解出来る自然数や有理数に加え、無理数や虚数そして複素数で構成されているように、分かり易い要素だけで現実は構成されてはいない。必ず我々の理解や想像を超えた要素が入り込んでいる。この考え方は調べようとする対象に畏《おそ》れを持てると共に、思い込みを避けて真実を突き止める上で重要だった。

だが、帝人事件はあまりにも複雑だ。プラスであったものがマイナスになり、有理数の筈が無理数であったりする。情報量が多く、それらがまた変化することで複雑さが増す。まるで誰かが真実を隠すために、敢《あ》えて情報を増やしているようなのだ。芥川龍之介の『藪《やぶ》の中』の謎のような無限の入れ子構造を、私は帝人事件に見る思いがした。

帝人事件は経済事件だった。

その背景である戦前の財界を知ることが不可欠になった。特に事件に関わった財界人たちの理解が肝心になる。そして、そこに必ずステファン・デルツバーガーが潜んでいる筈なのだ。

そして、帝人事件は政治事件でもあった。

当時日本を動かしていた存在がそれぞれの力学で覇権を求めた動きが事件の背景にある。

政界、官界、財界が三つ巴《どもえ》となって政治支配を目指した争いが存在している。

中でも注目すべきは、法の下で国を支える役割の検察が自己主導での政治改革を目指して事件が起動されていることだった。

そして、不思議なことに、その贈収賄事件の主役である帝人株と事件をシナリオにしたノートを、ステファン・デルツバーガーが手に入れているのだ。

この国の歴史の重要時期に、政界、財界、官界の三つが帝人事件という一点で衝突するコリジョンコースに入ってしまい、三者はぶつかって空中分解を起こした。

その衝撃波は凄《すさ》まじく、日本の政治システムを歪《ゆが》め、太平洋戦争に至る破滅への助走路を形成していった。そのようにも見える。

帝人事件は、日本の歴史における躓《つまず》きの石だった。

そして何故かそこに、ひとりの若いスイス人が絡んでいる。私は渾沌《こんとん》の中で膨大な資料を読み込んでは情報の整理に努めた。

その過程で、私はSZKのノートの記述と裁判記録との大きな違いに気がついた。

それは株だった。

SZKのノートの中では帝国人絹の株券が贈収賄の主役として活発に授受され動き回っている。しかし裁判記録を調べても、自白の中には登場するものの、株券は証拠として一枚も発見されていない。

贈収賄事件の物証として主役となるべき株券はスイスの地下大金庫に眠っていたのだ。犯罪劇の主役は舞台に登場せず、SZKのノートという台本を握りしめたまま奈落の底に隠れていた。

株を巡る事件。

事件の中で株を取り扱った中心人物が何らかの形でその謎に絡んでいるに違いない。私はその人物を徹底的に調べていった。

◇

親愛なるJへ

あなたからの要請に基づき『帝人事件』とステファン・デルツバーガー氏との関連への調査に着手致しました。

既にお伝えしましたように、『帝人事件』という第二次大戦前の大疑獄事件は非常に複雑なもので膨大な情報が存在します。

私はまず金庫に眠っていた株券とノートの存在を鍵に事件へのアプローチを進めていこうと考えています。

帝国人絹の株を取り扱った人物とデルツバーガー氏が何らかの接点を持ったと考え

るのが自然であると考えるからです。

そこで、事件の中で帝人株を巡る中心人物の調査を行いました。

その情報をまずお伝えしておきます。迂回《うかい》的なアプローチを取っていると思われるかもしれませんが、事件を理解するには中心人物を理解することが必要ですし、その人間を巡る情報から糸口が摑める可能性が高いと考えています。

その人物の名は河合良成《かわいよしなり》、戦前の財界で活躍し、戦後も日本の高度経済成長を支えたパワフルで優秀な経済人です。

2　トラブルシューター

省線市ケ谷駅で降り、市電通りを九段の方向へ半駅ほど歩き右に折れる。東郷坂から行人坂を過ぎ南法眼坂へ下りる手前を右に入る。

東京市麴町区上二番町二十八、その住所が示す広大な敷地に屋敷を構える人物を訪ねるために、河合良成は歩みを進めていた。

大正八（一九一九）年五月のことだ。

三十三歳になる河合は、富山県の田舎町で回漕業者の長男に生まれ、金沢の四高を経て東京帝国大学法学部を卒業して農商務省に入り官僚となった。

幹部候補として将来を嘱望されていたが、省内の権限争いへの嫌気や重用してくれた上司の辞職に殉ずる気持ちから辞表を出した。農商務省には八年勤めた。

役人として商品取引所の監督を行っていた頃から能力は評価されていたので、外部からの誘いは色々とあった。選《よ》り好みをしなければ、それ相応の仕事に就ける境遇ではある。

ただ、何だか気力が湧《わ》いてこない。役所生活で蓄積した疲労が抜けないようだった。自分が何をやりたいのかを見いだせず、ただ茫漠《ぼうばく》とした気持ちのまま日々を過ごした。

そんな河合に、遠縁にあたる人物から思いがけず「訪ねてこい」と連絡が入った。財界の大物、郷誠之助《ごうせいのすけ》男爵だった。多くの有力企業や経済団体の代表を兼任し貴族院議員でもあった。

郷の番町本宅の広大な敷地は六尺の高さに積み上げた石垣に五尺の丈の土塀を延々と巡らせてあり、欝蒼《うっそう》とした樟《くす》の巨木が塀内に配置されている。外から敷地の中を窺《うかが》い知ることは出来なかった。表玄関へのアプローチは鑿《のみ》で斬《き》り取られたように急な坂になっていて、外国の要人を招いた集まりの時などは、何台ものビュイック・セダンが数珠繋《つな》ぎに停《と》められ壮観となる。

河合は約束の時刻の五分前に本邸である日本家屋の玄関に着いた。普請道楽の郷は同じ敷地内に西洋館の別邸も構えている。

女中に案内をされて広い邸内に入った。

奥に進んでいくと畳廊下が巡らせてあり、硝子《ガラス》戸を通してすだ椎《じい》や紅葉の巨木に包まれた苔庭《こけにわ》を見ることが出来た。

通されたのは小さな応接間でひとり掛けのソファがテーブルを挟み対に置いてある。そこは郷が内密な面談の際に好んで使う部屋だった。小振りの英国製ノートが備えられ、綺《き》麗《れい》に削り上げられた鉛筆が五本もペン皿に並べられていた。

「これは聞きしに勝る几帳面《きちょうめん》さだな」

人づてに郷の性格を聞いていた河合は、訪問する時刻にも正確を期していた。

若い白人女性の肖像画が掛けてあった。良い絵だった。無垢《むく》な笑みに惹《ひ》かれるものがある。

河合が部屋に通されて一分もしないうちに、郷誠之助が入ってきた。

役者のような目鼻立ちに立派な口髭《くちひげ》と短く整えられた白髪がとても映える。堂々たる体《たい》軀《く》に上質の結城紬《ゆうきつむぎ》を着こなしていた。五十四歳だが壮年の面持ちだった。

郷は笑顔で河合に挨拶《あいさつ》をした。

世間の評判では清濁併せ呑《の》む器量を備えた人間だが、短気で癇癪《かんしやく》持ちということだった。

郷はソファに腰を掛けるといきなり本題を切り出した。

「僕が理事長をやっている東京株式取引所を手伝ってくれないか。常務理事として迎えるが、どうかね?」

気圧《けお》されるというのとは違ったものだった。

見た目は全く異なるが、河合は四高時代に深く師事した恩師と同質の清廉な迫力を郷から感じた。

セッカチな人だなと一瞬思ったが、何故《なぜ》か何の考えも浮かばず、すっと頭を下げた。

「宜《よろ》しくお願いします」

本来なら即答などしない河合だが、ずっと続く投げやりな気分のままに、なるようになれと承諾してしまったのだった。

「即断即決気にいった！　今後ともその調子で頼む」

郷は河合の胸の裡《うち》も知らずにそう言うと、握手を求めて右手を差し出した。河合は応じながら掛けてある絵を見て「良い絵ですね」と言った。

「これは特別なものでね……」

郷は目を細めながらも言葉尻を濁した。

河合は少しそれが気になったが、改めて良い絵ですと呟《つぶや》いた。

郷誠之助と会った翌週、河合良成は東京株式取引所に入った。


河合が新しい職場で目の当たりにしたのは、複雑な人間関係だった。財界活動に忙しい理事長の郷は理事会以外めったに顔を出さない。

そこにいるのは、策略を巡らす理事長代理や捺印《なついん》だけに精を出す年寄りの経理担当理事、市場の主と呼ばれる従業員代表の古参理事に、郷の愛人の弟と噂《うわさ》される理事長秘書とその茶坊主の総務部長などだった。

いずれも狐《きつね》や狸《たぬき》のような食えない連中で、若い新米理事に対して好意を持って接してくれる筈《はず》もない。そして取引所には海千山千の株式仲買人たちが控えていた。

出勤初日の帰り際、給仕が書類を持ってきた。捺印を頼まれたが、明朝目を通してからと思い、引き出しに書類を仕舞った。

「今日の書類は今日中にお願いします！」

棘《とげ》のある声で言う。眼《め》には険が出ている。

なるほど役所とは違うのだな。

以来何でもすぐその場で処理するようにした。取引所の人間との決裁は吟味に時間をかけるより早くやった方が得だと分かっていった。

株式仲買人との案件処理もスピードを優先させた。彼らと取引所との揉《も》め事は証拠金の率や金額を巡ってのことが多かった。株式取引で主流の先物取引では、仲買人は証拠金と呼ばれる保証金を取引所に納め、何倍もの想定元本にして顧客や自己の勘定で売買を行う。

思惑通りにいけば大きな利益となるが、逆に損が膨らめば納会日と呼ばれる決済期日前でも追加証拠金が必要になる。これを追証《おいしょう》と呼ぶ。大きな額の追証が必要となった場合に彼らは泣きついてきた。追証を入れられないと違約処分となり、最悪の場合には仲買人資格を失う。

河合はそれが持ち込まれると、その場で気軽な調子で裁定していった。役人時代から数字には強い。算盤《そろばん》と計算尺を使いこなし要求される率の変更や期限の延長の是非を即答していく。解け合い（取引の当事者間で任意に決めた価格での決済）を行わせたり、他の仲買人に肩代わりをさせたりもした。地場銀行からの資金借り入れを斡旋《あっせん》することもあった。

そうやって押しと引きを弁《わきま》え小気味よく懸案を処理していく若き常務を、一癖もふた癖もある仲買人たちも評価していった。そして、僅《わず》か三ヶ月で他の理事など取引所の人間たちも河合に一目置いて頼るようになり、河合はトラブルシューターと呼ばれるようになっていた。


「かっ、河合君、君も同席してくれんか!」

ある日の午後、経理担当理事が青い顔をして河合の部屋に飛び込んできた。何でも仲買人のひとりで有名な相場師が押しかけてきたという。理事長代理が外出中で自分ひとりではとても対応しきれないと、河合は引っ張られるようにしてその相場師が待つ応接室に連れていかれた。

梅雨が明け、夏の暑さを感じる日だった。

そこに座っていたのは純白の正絹の着物に黒の絽《ろ》の羽織、そして白足袋姿のでっぷりと太った布袋《ほてい》さまそっくりの男だった。着物に香を焚《た》き染めてあるのか、伽羅《きゃら》の良い匂《にお》いがした。

河合は有名な相場師というからどんな厳つい強面《こわもて》の男かと思っていたが、童顔のニコニコとした表情に拍子抜けがした。

河合が差し出した名刺を受け取ると、男は河合の顔と交互に見比べながら、

「へぇ！　常務はんでっか。お若いから理事の秘書さんやと思いましたでぇ。お幾つ？　三十三！　わてより十《とう》も若いがな。やっぱり帝大出たはりまんのか？　前は農商務省のお役人様かいなぁ。そら頼もしいわぁ」

と、ほとほと感心したように言ってみせた。

大阪の商人言葉や物腰はどこまでも柔和だが、こちらのあらゆる動きを観察しているような油断のならなさがひしひしと伝わってくる。

この男こそ日本の相場史上空前の大策士、天一坊だった。

◇

天一坊こと松谷元三郎《まつたにもとざぶろう》は、明治九（一八七六）年、泉州・堺の富豪の回船問屋に生まれた。幼少期に父親が破産して一家離散となり、十歳で大阪・北浜の株仲買に丁稚《でっち》奉公に入った。

機転が利き物覚えの良い元三郎はすぐに主人に可愛《かわい》がられたが、生来の相場好きから御法度の手張り（店の承諾のない自己売買）をやって失敗し流転の身になってしまう。

その後、堂島の高名な米相場師である仲買商に拾われ才能を認められた元三郎は、娘婿

に迎えられた。

数年後、義父の相場師は米の先物市場で大相場を張った。

米の先物取引とは将来の定められた期日にある価格で米の受け渡しを行う約束で売買を行うことで、通常は期日前に買いや売りの約定（建玉《たてぎょく》と呼ぶ）に反対売買を行うことで決済し（手仕舞い）、差金を授受することで成立する。

元三郎の義父は売りの主役として向かっていたが苦戦を強いられた。

「わてに任しとくれやす！」

そう言うと元三郎は店の金箱のカネを鷲摑《わしづか》みにして飛び出した。

元三郎は大阪市内を駆けずり回り、倉庫という倉庫を手付け金を払い片っ端から押さえていった。そして、それぞれの業者には「何月何日、何百俵の米を搬入するから準備を頼む」と言い残したのだ。その元三郎の行動は、あっという間に大阪中に広がった。

「売りの本尊が米の現物を手当てしよった！」

買い方は慌てふためいた。

彼らは決済前に買いの建玉を売却して差益金を取るのが目的で、期日に本物の米俵を渡されてはたまったものではない。一斉に手仕舞い売りが出て相場は雪崩を打って暴落となり、元三郎側の大勝利に終わった。

何のことはない。元三郎はただ倉庫を押さえただけで受け渡しに必要な米は一粒たりとも用意してはいなかった。買い方の恐怖心を利用しただけの奇策だ。

その元三郎が天一坊と命名されることになる大勝負が、明治三十二（一八九九）年の堂島米穀取引所の乗っ取りだった。米の買い占めではなく、米の取引所の株を買い占めたのだ。

元三郎は取引所の株価が異常な安値に放置されていることに目を付けた。

堂島米穀取引所は資本金二十五万円（額面五十円。発行済み株式数五千株）で株価は九十円前後だった。取引所といえども株式会社なのだから乗っ取りの可能性はある。しかし、誰もそんなことを考えもしない牧歌的な時代だった。

元三郎は、先物取引では現物一株に相当する建玉一枚が、たった四円の証拠金で賄え、そのカネを納める期限が取引の四十八時間後というルールを最大限に利用した。

まず先物を株価八十八円で五百枚仕込んだ。そして翌日、懇意の取次店を通し再び先物で二千枚の大量買い注文を出した。すると十五円高の百三円で全て手に入れることが出来た。前日の五百枚からはこれで七千五百円の利益が出ている。その利益を使って翌々日さらに別の取次店から二千枚の買いを入れ、同時に現物も買い捲《まく》った。スパイラル取引という相場操縦だ。これで株価は百二十五円に跳ね上がり、前々日から買い集めた二千五百枚からの利益は五万円になっていた。

元三郎はそれらを果敢に実行した。

理屈では分かっていても恐ろしくて誰もやらない手法だった。ただ現物の取引にはカネがいる。そちらは義父の店の小切手を切った。銀行に回れば不渡りになる。時間との勝負だった。

二日目の先物買いで勝利を確信したが、三日目に現物も同時に買いを入れた時には、さすがの元三郎も自分の吸う息吐く息を数えられるほど時間を長く感じた。乗っ取りが成立する株数を集める前に、一文無しの相場操縦を見破られたら一巻の終わりだ。値動きと出来高を睨《にら》みながら相場と対峙《たいじ》し続けた。

市場では取引所株に何が起こっているのかと騒然となった。しかし、ずっと安値を底這《そこば》っていた株が突然動き出したことが好感され、買い方優勢のまま大商いは続いた。

相場を張って三日目、元三郎は現物と先物合わせて発行済み株式数を上回る取引所株を手に入れ、堂島米穀取引所を支配してしまう。

「みたか！　これがホンマの相場じゃ！　生かすも殺すもこっちの胸先三寸やで」

元三郎は勝利の絶頂で叫んだ。この奇策によって元三郎は今天一坊と呼ばれる存在となったが、この時まだ二十三歳だった。人望もなく奇策だけで取引所の経営が出来る筈はない。無理を重ねて、僅か八ヶ月で取引所を手放さざるを得なくなった。

この後、天一坊は東京に出る。

そして蠣殻町《かきがらちょう》（商品）でも兜町《かぶとちょう》（株式）でも相場の立つところで様々な買い占めの主役を演じその名を轟《とどろ》かせた。

郷誠之助は理事長になって間もなく、天一坊と対峙することになった。明治四十五（一九一二）年春に起こった内国通運の買い占めの時だった。

内国通運（現在の日本通運）は明治二十一（一八八八）年に上場されて以来、ずっと不人気の株だった。事業不振から人員整理が頻繁に行われるなど、地味で全くぱっとしない。

この株に天一坊は目をつけた。

腹心の部下を使いぽっと出の田舎の客を装わせ、複数の名前を使って十四軒の仲買店から内国通運の新株を先物と現物の双方で買い進めていった。

当時の証券業の仲買店は投機好きが多く、客からの注文を取引所に繋がずに「呑む」行為を頻繁に行っていた。取引所に繋げば手数料だけの稼ぎだが、「呑め」ば、つまり自分で受ければ相場を張ることになる。それが思惑通り――客の思惑の逆――に行けば自分の利益になった。内国通運のような不人気株の、それも流通量が少ない新株は親株以上に嫌われ相場にならない。この先も株価はじり安が必至、と観るのが玄人の仲買人たちの認識だった。

「内国通運ちゅうたら誰でも知っとる大きな会社で安心じゃろ。新株ちゅうのは生まれたての赤ん坊みたいなもんですぐに大きゅうなると言われましてのぉ……」

何も知らずに、そんな株を買いに来る田舎出の客を馬鹿にして、どの仲買店もどんどん呑んでいった。皆が皆、判で押したように呑んでいったために株価は目立った上昇を見せず、誰も買い占めに気づかなかった。

内国通運の新株発行総数は一万二千五百株だったが、天一坊は現先合わせて一万四千株を集めた。天一坊の悪魔のような慎重さと仲買人たちの能天気さが、とんでもない結果に繋がったのだ。迂闊《うかつ》に「呑んだ」仲買店たちは一千株以上「存在しない株」を売ってしまったことになる。天一坊は、ほくそ笑んで蛇のように舌なめずりをした。

「さぁ、見とれよ」

ここで天一坊はベールを脱いだ。

集めた新株全ての名義を自分に書き換えたことを公表し自ら取引所に現れ、今度は内国通運の親株を大量に買い捲った。それに連動し新株の値段も暴騰する。驚いたのは仲買人たちだった。知らない間に新株の買い占めが終えられ、買い方の黒幕があの天一坊だと知った時には真っ青になった。

さらに天一坊が新聞に語った内容に驚愕《きょうがく》する。自分は株が欲しいのではなく、内国通運が資産として持つ不動産が欲しいという。

駅前の一等地に安い簿価のままで沢山の土地を持つ内国通運は、会社を解散して不動産を売り払えば莫大《ばくだい》な利益になる。そして運輸上の権利も競争相手に売却した方がよほど経済効率も良いと、現引き（現物株を取得）しての乗っ取りを宣言したのだ。

　これによって株価は高値で張り付いてしまう。受け渡しの期限が迫ってくるのに、新株の現物を手当てする術《すべ》を失っている仲買人たちには、たまったものではなかった。

　天一坊は矢継ぎ早に行動した。東京株式取引所に郷誠之助を訪問したのだ。郷は数ヶ月前に理事長に就任したばかりだった。

　天一坊は郷に対して強い調子で、取引所が株の受け渡しを保証するように求めた。買い占めた株の取得を取引所に担保させようというのだ。

　しかし、郷は何も言わず「ウーン」と腕組みをして、目を閉じたままだった。迂闊なことは絶対に言えない。短気な郷だが、ここは事の重大さが分かっているだけに我慢の黙《だん》り《ま》だった。腹を一旦《いったん》据えてしまったら郷は強い。

　そんな郷には、さすがの天一坊も捨て台詞《ぜりふ》だけを残して帰らざるをえなかった。

　結局、仲買店十四軒が天一坊に詫《わ》びを入れ任意の解け合いとなり、差金決済で決着がつくことになった。

　天一坊は初めからこれが狙《ねら》いだったのだ。

　高値で買い取らせればそれでいい。全てが自分の描いたシナリオ通りに進み、これで莫大な差益金が入る筈だった。

ところが入ってこない。

十四軒とも申し訳程度の金額しか入れず、どれほど催促しても払おうとしない。業を煮やして取引所に仲買店に履行を迫れと言っても、取引所が仲介した解け合いではないから関知しないの一点張りだ。これには天一坊も激怒し、監督官庁である農商務省に抗議に行くが、けんもほろろの対応をされてしまう。過去様々な買い占めで経済界を混乱させブラック・リスト筆頭の天一坊に、農商務省は力を貸そうとはしなかった。

結局、天一坊は八方塞《ふさ》がりのまま引き下がらざるを得なくなってしまう。完全に泣き寝入りをさせられた格好だった。

結局、持ち株を処分せざるをえなくなり、全ての勘定を締めた時には大きな赤字となっていた。

◇

河合良成は応接室で天一坊の話を聞いていた。内国通運事件から八年がたっている。

今回の天一坊の要求は、取引相手の仲買人が倒産して決済が出来ていない分の取引所による肩代わりだった。しかし、倒産した相手方はその殆《ほとん》どを呑んでいて取引所を通した売買ではなかった。

天一坊は延々と取引内容を喋《しゃべ》った。何月何日何円何銭でどの株を何株買いそれをいつい
くらで売ったか。買った日のその銘柄の取引所で付いた高値安値がいくらで、売った日は
いくらだった……。
十銘柄以上に及ぶ取引について語った。河合はそれを全てメモに取った。そして「ちょ
っと失礼」と中座して事務局まで行き、天一坊の言った銘柄の値動きをチェックしていっ
た。
河合はゾクッと胴震いをした。
調子よく適当に並べているだけだろうと思った高値安値の数字が、どれひとつ一銭たり
とも間違っていない。河合は血の気が引いていく思いがした。
この世に化け物がいる。
河合は平静を装って応接室に戻った。天一坊はまだ喋り続けていたが河合を見て言った。
「なぁ帝大出の常務はん。わての言うてることがどっか間違うてますか？　こっちは真っ
当な株の取引をしてますねんで。その取引を最後までちゃんと保証して面倒みるのんが取
引所でっしゃろ。そやおまへんか？」
河合は何とも返事をしなかった。一緒にいる年寄りの理事も黙ったままだった。
「まぁ。今日のところはこれで失礼しますわ。善処のほどよろしゅうお願いしますで。郷
理事長には、くれぐれもあんじょう伝えといておくれやすな」

河合は正直ホッとした。嫌な汗で背中がびっしょりと濡《ぬ》れている。そんな河合の耳元に天一坊は部屋を出る間際に低い声で囁《ささや》いた。

「これから、えらいことになるで」

ギョッとした表情の河合を、一瞬睨みつけてからニタリと天一坊は笑った。

その後、取引所は天一坊に対して、取引所外取引への弁済責任は取引所にない旨を正式に文書で回答する。それ以降、天一坊は何も言ってこなかった。

◇

新橋の新喜楽では、お座つき（踊り）が終わり、郷誠之助は上機嫌で芸者衆に祝儀を配っていった。襟首にぽち袋を差し込まれた若い芸者が「きゃっ！」と嬌声《きょうせい》を上げる。頃合いの測り方や郷の粋な旦那然とした振る舞いを見て、さすがだなと河合は感心していた。

その夜は郷による河合の壮行会だった。河合も仙台平の袴《はかま》姿で芸者から酌を受けている。

取引所に入ってまだ三ヶ月だったが、郷の鶴《つる》の一声で、九月から半年にわたる欧米視察旅行に派遣されることになった。欧米の取引所の実地調査だ。

郷はさっき踊っていた若い芸者と藤八拳《とうはちけん》に興じ始めた。それを眺めながら河合は役所時代との生活の差を改めて思っていた。

官吏の頃に比べ収入は十倍になり、夜は何かにつけ待合や料亭に行くことが多い。仕事もあるが、私的に訪れることも少なくなかった。新橋だけでなく浜町の常盤屋や柳橋の亀清などにも出入りし、馴染《なじ》みの芸者も出来た。若くてカネもあるからそれなりにもてて、朝帰りも覚えている。

結婚して十年、女房の実家からの経済的援助にずっと引け目を感じていた。それが今や大人の男の自由を満喫している。おまけに今度は欧米旅行の機会に恵まれるのだから、自分の人生の変わりように河合は感慨を覚えていた。

「河合っ！　呑んでるか？」

遊び終えた郷が酒を持ってやってきた。

二人は何度か杯のやりとりをした。

「いいか。ドイツに行ったらな——」

郷は自分のドイツ留学時代の話を大声で喋り始めた。

郷は旧幕臣で初代大蔵事務次官となり松方正義《まつかたまさよし》の側近として財政金融制度の創設に尽力した郷純造の二男として生まれたが、少年期から青年期にかけ放蕩《ほうとう》と乱暴狼藉《ろうぜき》の限りを尽くした。自分が妾腹《しょうふく》であることを知り傷心から自暴自棄になったのだ。

東京から放逐された十三歳から二年弱の仙台中学時代には、寄宿舎を抜け出しては廓遊《くるわ》びを続け、東京に戻った十六歳の時に家出同然の無銭旅行に出て一時勘当されてしまう。その後、京都の同志社に学ぶが、友人に誘われて薬の行商になる。途中、足抜け女郎を拾って毎夜楽しむなど、好き勝手のし放題だった。

十九歳でドイツに留学し、当初は真面目《まじめ》に勉学に励むものの、生来の遊び好き、資力にものを言わせて馬車を乗り回しては酒と女とビリヤードに明け暮れた。

ある酒場では、ありったけのシャンパンを抜かせて店の床を池に変え、友人たちと転げ回って楽しんだ。子供の頃から好きで強い喧嘩《けんか》の才能をドイツでも遺憾《いかん》なく発揮し、大男を何人も投げ飛ばして悦に入った。

それでも八年間の留学の締め括《くく》りにはハイデルベルヒ大学から哲学博士号を獲得した。

明治二十四（一八九一）年に帰国したところから、郷は変わった。日本経済のあまりの後進ぶりに衝撃を受けての覚醒《かくせい》だった。

伊藤博文《いとうひろぶみ》の紹介で農商務省に入って頭角を現し、その後、野に下って経営不振に陥った日本運輸の社長に就き、これを再建させた。

続いて日本メリヤスの整理や日本鋼管の再建を成し遂げ、次に行った入山採炭の整理が渋沢栄一《しぶさわえいいち》の眼にとまり、渋沢から王子製紙の立て直しを任されると、これも成功させた。

しかし、苦い蹉跌《さてつ》も経験する。ただその際の態度が郷への評価を大きく高めた。

日本醤油《しょうゆ》製造の経営失敗で十五万円（現在の貨幣価値で約八億円）、帝国商業銀行の整理失敗では二十万円（同十億円）、各々私財を提供することで決着をつけた。

帝国商業銀行で郷はただの平取締役だったが、社長が私財を投げ出さないことに業を煮やしてのことだった。

そして、東京株式取引所理事長を務めるに至った。

新喜楽では郷のドイツ女性との艶笑話《えんしょう》に芸者たちが嬌声を上げて騒ぎ、やんやと郷を囃《はや》して喜んだ。

「とにかくあの国は少し暗いところへ行けば女がウヨウヨしているんだからな。あんなに便利の良い国はないぞ」

郷は酒に強い。今でも興が乗れば一晩で二升空ける。留学中も外国人を相手に喧嘩と呑み比べでは負けたことがないと自慢した。呑むほどに雄弁になり陽気になった。

それにしても、さっきから呑んでいる酒が美味《うま》い。その美味さに河合も思わず杯が進んだ。

それは郷が蔵元から取り寄せ新喜楽に置かせている褒紋正宗《ほうもんまさむね》だった。それも樽《たる》の真ん中の澄んでいる中抜きだけを贅沢《ぜいたく》に樽詰めさせたもので、郷は自分の座敷の時に出させていたのだ。

「ただな、男に関してはドイツ人のゴツゴツしたところが嫌いで、友達はアメリカ人やイギリス人が多かった。奴らと一緒に馬車を乗り廻《まわ》して呑み歩いたんだ。だから『郷はハイデルベルヒの土を踏んだことがあるのか』と贅沢ぶりを囃されたものだったよ。勘定は全て僕持ちだったからな」

郷の屈託のない自慢話を聞きながら、河合は今日仲買人から聞いた話のことを考えていた。兜町界隈《かいわい》で既に噂になっているらしいが、実態はよく分からない。ただ河合は嫌な予感がした。話に天一坊が出てきたからだ。

「これから、えらいことになるで」

あの天一坊の言葉と表情を忘れることはなかった。

多忙な郷と出発前にまた会える機会はない。河合は思い切って口を開いた。

「実は今日妙なことを耳にしまして、座を冷ましてしまうかもしれませんが——」

「何だ？　かまわん言ってみろ」

それは、近々兜町に証券交換所なるものが設立され、各界の大物がその運営に参画することが決まっている、そしてその仕切りは天一坊が行っている、というものだった。

天一坊と聞いて顔色が変わった郷は吐き捨てるように言った。

「僕の贅六《ぜいろく》嫌いはあいつのせいだが、あの蛇蠍《だかつ》！　また何か企んでるのか」

二人の様子が突然変わったので芸者たちは一瞬当惑したが、年増芸者の機転ですぐに座は盛り上げられた。郷は気分を変えるようにその芸者との他愛《たわい》ないやりとりに興じ始めた。河合も何事もなかったように再び芸者の酌に応じた。他の座敷からの音曲《おんぎょく》の賑《にぎ》やかさが遠く近くから聴こえてくる。

夜は次第に深まっていった。

◇

大正八（一九一九）年十一月一日の兜町は異様な熱気と緊張に包まれていた。

その建物には紅白の幔幕《まんまく》が張り巡らされ大きな花輪が立ち並び、まるで百貨店の開店を思わせる派手な賑わいだった。場所は東京株式取引所の目と鼻の先、大通りを挟んだ向かい側の鎧橋《よろいばし》のたもとだ。

『東京証券交換所』は、河合良成が日本を発《た》って二ヶ月が過ぎたその日に、営業を開始した。多くの招待客や新聞記者でごった返す中、取引が始められた。

取引所の立会場と同じように高台が設《しつら》えてあり、その下には場立ちが群がっていた。鈴が振られ一斉に声が上がる。高台の上には交換所の所員とおぼしき人間たちが立ち並び、その奥には羽織袴姿のでっぷりと太った男が仁王立ちになって睥睨《へいげい》していた。

東京証券交換所専務取締役、天一坊こと松谷元三郎だった。

宴席で河合良成から話を聞かされた郷誠之助は翌日から各方面で情報収集に当たらせた。

判明したのは、悪夢のような現実だった。

『東京証券交換所』は、天一坊によって設立登記がなされた「株式取引所」だったのだ。登記簿に記載されている経営陣の名前を見て郷は驚いた。社長には東京弁護士会の長老で貴族院議員の磯部四郎《いそべしろう》が据えられ、重役には弁護士で衆議院議員の島田俊雄《しまだとしお》と貴族院のボスで子爵議員の板倉勝憲《いたくらかつのり》が就いていた。顧問に東京弁護士会のエース江木衷《えぎまこと》博士と衆議院議員で弁護士の鈴木富士弥《すずきふじや》の名がある。

政界や法曹界の大物がずらりと並び、政界関係者は政友会、憲政会、国民党のバランスを憎いほど計った人選がなされていた。

郷ら取引所関係者は農商務省に対し、取引所類似行為や権利侵害として訴え出ると共に、警察にも「呑み行為」としての取り締まりを要請した。

「呑み行為」とは取引所の値段を対照しそれより高いか安いかで賭《か》けを行うことだが、『証券交換所』側は取引所の値段とは関係なく、個々人が相対《あいたい》で値段を決め、現物の受け渡しを行う商行為であるとして警察の介入を退けた。

関係者が法曹界の大物ばかりで政界からの睨みも利かされ、警察のみならず主務省も交換所に対して動きが取れなかった。

郷らは法律の専門家を集め対抗策を練ったが、どんな角度からも違法とすることが出来ない。天一坊が巨費を投じて雇った超一流の法律家たちが何年にもわたって法曹界の意見を集め、徹底した研究を重ねた上で衝《つ》いた法の盲点だから当然だった。

東京証券交換所は一夜城でありながら、外濠《そとぼり》も内濠も巡らせた堅牢《けんろう》な城郭だったのだ。そしてその天守閣に、天一坊がどっかとその巨体を据えていた。

あの内国運輸の買い占めで一敗地に塗《まみ》れてから、天一坊は取引所への復讐《ふくしゅう》を片時も忘れなかった。そして最も大胆なやり方で取引所を葬り去ることを考えついた。その成功のためには法律と政治を味方につけることが第一と考え徹底した準備を行ってきたのだ。やられたら必ずやりかえす。その気持ちだけは絶対に忘れなかった。

天一坊は立会場の上から場立ちの群れの犇《ひし》めきを見ながら、これからの自分の「相場」の行方を考えていた。自信はある。いやこれまでも、どんな相場でも、張った時には自信があった。

「松谷君、今日は大変な賑わいだが、これからもこんな調子が続くのかね?」

社長に据えられている磯部四郎が天一坊に訊ねた。

「センセ、まぁ見といておくれやす。わてにはよう分かります。相場の流れは、こっちのもんだす。センセには来年の賞与、麴町に御殿を建てて戴《いただ》けるぐらい差し上げられまっせ」

「ほぉ！　そりゃあ頼もしい。ひとつ頼むよ」

磯部の欲深い横顔を見て、天一坊は心の裡《うち》で蔑《さげす》み嗤《わら》った。

「自分らは相場張らんで安全なとこにいてて儲《もう》けられるんやからなぁ。センセちゅうのはホンマええ商売やで」

証券交換所は開業から右肩上がりで取引を増やしていった。取引所よりも手数料が安いのだから当然だった。「なあにすぐにポシャるだろう」と高を括っていた郷らは次第に焦りの色を濃くしていった。

東京証券交換所の建物は木造で二階に重役室が設えられていた。扉が開けっ放しになっている部屋に郷誠之助は案内されて入っていった。大きな机の向こうに天一坊は座っていた。冬だというのにせわしなく扇子を動かしながら出来高表を捲《めく》っている。黒縮緬《ちりめん》の羽織に白足袋という装いは板についている。

郷の姿を目にとめると、

「男爵ぅ！　これはこれは。こんなむさいところへ、ようお越しになりました。お待ちしてましたんやで。ささっ、どうぞこちらへ」

そう言って応接用のソファへ促した。

「このままで行くと、半年後に出来高で交換所に抜かれることになります」

事務局の試算を理事会で聞かされ、郷は唸《うな》るしかなかった。どうにも手の打ちようはなかったが、一度会ってみようと郷から申し込んだ会談だった。

大正九年一月の半ばを過ぎていた。

「盛況のようだね」

「いやぁ、ぼちぼちですわぁ」

郷はその大阪弁に虫唾《むしず》が走った。

「いや、それにしても見事だよ。今回の君の仕事振りには、ほとほと感心した」

「勿体《もったい》ないお言葉、恐悦至極に存じますぅ」

天一坊は芝居がかった仕草で深々と頭を下げた。

「で、これからどうしたいのだ」

「どないしたい？　どういう意味でっか？」

「このまま続ける気なのかい？」

郷は単刀直入に切り出した。無手勝流だ。

天一坊は心の中で快哉《かいさい》を叫んだ。勝った。この相場わてのもんや！

「続けるも続けんも、商売でっさかいなぁ」

「農商務省も困っている。株の取引場が二つあっては、監督上何かと不都合だとね」

「そらぁお役人の理屈ですわなぁ。男爵、この世はレッセフェールでっしゃろ。自由にいろんなもんが競争することで経済が栄え国が栄える。これまでの方がおかしかったんでっせ、株の取引を一ヶ所で独占することの方が。見てみなはれ、手数料が安うなって出来高も前より増えてますやないか」

郷は忌々《いまいま》しく思いながらも黙るしかなかった。

「あっ！　そや男爵、わて止《や》めても宜しいで」

郷は天一坊を訝《いぶか》しげに見た。

「わてに取引所を売っとくれやす。そしたらこんなバラックすぐに閉めますわ」

天一坊は蛇のような目で郷を見据えた。冗談ではないという証《あか》しだった。

「話にならんな」

郷は立ち上がり背を向けた。出ていく郷の背中にむかって天一坊は言った。

「半年ちゃいまっせ」

「何がだ？」

「三月《みつき》や。出来高、あと三月でうちが抜いてみせまっさかい、よう見といておくれやす」

郷は生まれて初めて、人に恐れを感じた。

◇

大正九（一九二〇）年四月、沖合の船上から香港島の稜線《りょうせん》が、うっすらと見えてきた。

ジャンクやサンパンが春の陽《ひ》を受けて揺蕩《たゆた》いながらビクトリア湾内を行きかっている。どこか現実感のない朧《おぼろ》げな光景を河合良成は眺めていた。

「長かったなぁ……」

河合の欧米視察は七ヶ月にわたった。

米欧と廻りマルセイユから帰路の船に乗り、シンガポールを経由して香港に到着しようとしていた。

七ヶ月前、横浜からアメリカに渡り二ヶ月近い滞在となったニューヨークのウォール街は、東京の取引所の近代化を考える上でこれ以上ない参考となった。

河合は証券取引所を訪れた初日のことを鮮明に覚えている。どこから聞きつけたのか、大勢の新聞記者に囲まれて、日本の証券取引のやり方やアメリカとの違いを訊《き》かれた。

河合は英語で、ありったけの知識を懸命に捲《まく》し立てた。すると翌日のニューヨーク・タイムズに河合の話が詳しく掲載されたのだ。河合は米国人の旺盛《おうせい》な好奇心、未知なるものを吸収する貪欲《どんよく》さに感心した。

「やはりアメリカは凄い！」

その後、米国の証券取引所の組織形態や合理的な取引処理を詳細に研究していった。

情報を出来る限り正確かつ平等に市場に伝達し、その情報を市場が迅速に処理出来るような取引の進化を考え続ける。そんなアメリカという国のあり方に感服する気持ちが日を追うごとに深まっていった。

「この国はフェアということを大事にしている」

朝食は取引所近くのカフェテリアで、掻《か》き卵とトーストをコーヒーで流し込み、昼飯には大きなパティをウェルダンに焼いたハンバーガーを頰張《ほおば》った。マスタードを初めて口にした時は衝撃だったが、すぐにたっぷりつけて食べるようになった。緑色の看板を掲げたアイリッシュ・レストランでタルタル・ステーキを黒ビールで味わう経験もした。河合はニューヨークを存分に楽しんだ。

次に訪れたシカゴ穀物取引所では、取引の荒々しさに度肝を抜かれた。

「噓《うそ》だろう……。こいつはとんでもない‼」

ピットと呼ばれる六角形のすり鉢のような場所が大小あり、そこで数十人から百人以上の会員が犇めき合いながら大声を上げ、身振り手振りで大豆やとうもろこしの売買をやる。河合にはそれが喧嘩にしか見えない。実際本当に殴り合いをしているのを何度か目撃した。しかし、取引は相対で正確に行われ、トラブルは殆どないという。

日本の農商務省で管理監督を生業《なりわい》としていた河合には売買を行う者たちが自治管理を尊重し政府の干渉を排除しようとするアメリカのあり方は強く印象に残った。アメリカという国の強さの本質を見たような気がした。

そして、大西洋を渡ったイギリスでは全く違った世界を体験した。世界大戦の戦勝国、大英帝国は煌《きらめ》いていた。

「歴史とはこういうことか」

宿泊先のサボイ・ホテルは宮殿のような豪華さで、玄関前に広がる広大なハイド・パークはベント芝が真冬でも色を変えることなく青々としている。それは東京の宮城前の常緑の松と同じように、大英帝国の常世の繁栄を象徴するように見えた。ロットン・ロウと呼ばれる公園内の乗馬用の道を優雅な紳士淑女を乗せた馬が行きかう姿を見て河合は溜息《ためいき》をついた。

世界大戦後、イギリスは債務国に転落してはいたが、河合の目に映るもの全てが豊かだった。

繁華街であるピカデリー・サーカスやボンド・ストリートを歩く人々も自信に満ちている。イギリスが築いてきた豊かな伝統と共に、世界大戦での勝利で身につけたプライドを河合は強く感じた。

そして、金融街のシティ、ロンバート街の紳士然とした趣のある様子は若い米国とは違う大人の落ち着きがあり印象的だった。

河合はサヴィル・ロウの老舗紳士服店、ノートン&サンズでビスポークを一着作ろうとした。シティの金融関係者が身につける気品のある上質の背広が欲しくなったからだ。

しかし、断念せざるを得なかった。

「当店のお客様には仮縫いに三度いらして頂いております。ですので仕上りには最低三ヶ月見て頂いております」

そう店員に言われてすごすごと店を後にした。その手間暇に伝統を創《つく》る底力を感じた。

だが、米英での豊かな西洋の印象は、敗戦国ドイツで一変した。

河合はオランダを経由してドイツに入ろうとした。ドイツに入るには食料を携行する必要があると言われ、オランダの食品店でビスケットやチョコレートを買い求め駅に急いだ。

ドイツ行きの列車は一日に一本しかない。ごった返していて、まともに乗ろうとしても不可能だった。河合はプラットフォームに見送りに来ている人たちにカネを渡して窓から押し込んでもらい、やっと乗り込むことが出来た。

「何てことだ……これが現実か」

河合はドイツに到着して敗戦国の悲惨さを知る。そこで見たのはインフレによる国民生活の困窮だった。戦争に負けた国の経済が、どれほど悲惨な有り様となるか、河合はそれを目の当たりにして衝撃を受けた。

「金が、通貨がこんなことになるのか？」

滞在中に遭遇したマルクの暴落で、持参したポンドとドルが驚くべき金額に化けていく。上着のポケットがマルク紙幣でみるみるうちに一杯になっていった。

街のレストランに入るとどの店も、薄いパンに小指の先ほどのバター、味の薄いスープしか出てこない。

河合は連絡を取ってあった三菱商事の駐在員に連れていかれた外国人向けのフランス料理店で初めてまともな食事にありつけた。そんな高級店でも邦貨で五十銭たらずのチップに「ダンケシェン」を何度も繰り返される。

同情ばかりしてはいられないと、河合は持ち込んだ外貨を使って存分に買い物をした。日本では家一軒と言われているライカ・カメラですら幾らもしない。そして、ドイツ語の経済書、特にインフレに関する書籍を大量に買い込むことを忘れなかった。

「とにかくドイツは少し暗いところへいけば女がウヨウヨしているんだからな」

出発前に郷誠之助にそう聞かされていたが、河合が訪れたドイツは話に輪をかけた状態になっていた。

ベルリンでの宿泊先、ホテル・ライプチヒで食事をしていると、食堂の外には明らかにそれらしい女性がたむろしている。

河合が食事を済ますと、その中のひとりにロビー脇の一室に誘われた。何故《なぜ》か明かりが点《つ》いていない。そこで値段を交渉するのだ。河合はその女性を伴って自分の部屋に戻った。

肌を合わせると娼婦には違いないのだが、吉原の遊女を知っている河合には何とも素人くさい。訊くと戦争未亡人でタイピストをしているが、とてもそれだけでは生活出来ない、それで身を販《ひさ》いでいると言う。

その話が嘘ではないと感じた河合は、別れ際に約束した金額の倍を渡した。日本円に換算すれば大した金額ではない。それなのに女性は床にひざまずき、何度も礼を言うのだった。

「いいんだよ。取っておきなさい」

女性の眼には涙が浮かんでいた。

その姿を見て河合は、ふと自分の妻の顔が瞼《まぶた》に浮かんだ。

日本が戦争に負ければ……。

「戦争には絶対に負けてはいけない。負ける戦争はやってはいけない。負けてインフレになれば……全て終りだ」

そうやって船の上で河合は旅先での様々な出来事を思い出していた。

中でも二人の日本人の強い印象を忘れることが出来ない。

ひとりは織田昇次郎《おだしょうじろう》という老仲買人で兜町の長老格の人物だ。

英語が全く話せず、取り敢《あ》えずサインだけ出来るようにして視察に参加したような男で、古女房を同伴しての物見遊山だった。

それはロンドンでのことだ。

英国駐在の財務官から当地の金融事情の講義を受けているうちに突然、織田の相場の虫が疼《うず》いた。欧州では日本公債の四分利仏貨債が日本の半値で買えることを知ったからだ。

金融情報のやり取りは国際的にはまだ乏しかったのだ。

「河合さん？　あんたはどう思う？」

「私も驚きました。地球の反対側では叩き売りなんですね」

それを聞いた織田は「儲かる」と判断して日本に電信を打った。

自分が大株主になっている日本郵船株を売却して作った資金をロンドンに送金させ、安値の仏貨債を買い捲ったのだ。そして、それを日本に売り繋ぐことで織田はまんまと巨利を得ることに成功した。

河合はそれを目の当たりにして、相場と言うものは、機会を逃さず果敢な行動が取れる者だけが成功することを思い知った。

「俺は相場は出来ない」

そう強く感じたのだ。

そして、もうひとり、忘れられない日本人がいた。横浜から米国行きの船中で一緒になった武藤山治《むとうさんじ》だ。

関西財界の雄である鐘淵《かねがふち》紡績の社長で、ワシントンで開かれる国際労働会議に日本の経営者代表として参加する途上だった。

鐘紡はその理想的な労使関係のあり方から経済界の注目を集める存在で、武藤は温情主義経営で有名な人物だった。

河合は大学生の頃から武藤を知っていた。

学費に困窮する友人のために親戚に紹介された武藤を訪ね、鐘紡から月々のカネを出してもらうように取り付けたことがあったのだ。

「優秀な学生は日本の将来を担う宝だ。援助しようじゃないか」

河合はその時の武藤の態度に感銘を受けた。

しかし、後に武藤の複雑な性格を知る。

その友人の就職が決まったものの背広を買うカネがない。そこで、河合は武藤にこれまで世話になった上に申し訳ないが、と無心の手紙を書いた。すると、武藤は叱責《しっせき》の返信を寄こしたのだ。

「そんなカネを出す義理はない、学生服で出社すればいいのだ」

そう言って取りつく島がない。それまでの温情とは正反対の対応に河合は驚いた。

正論かもしれないが、武藤に対して釈然としない気持ちは拭《ぬぐ》えなかった。

米国への船上、河合はそんな過去は措いて武藤の薫陶を受けようと積極的に話しかけた。

武藤は河合のことなどすっかり忘れていて、河合が熱心に質問を重ねる姿勢を気に入り、自分が国際会議で披露する予定の冊子を見せて意見を求めた。そこには、鐘紡で実践されている従業員への福利厚生のあり方や、労働意欲を高める施策について詳細に記されていた。

河合は労働者を賦活する仕組みを知って感心すると共に、日本の経営者が高い倫理と道義意識を持っていることに感激した。

しかし、やはり武藤は難しい人間だった。

「何っ⁉　君はあの郷の世話になっているのか！」

河合が自分のことを説明してから武藤の態度が一変したのだ。郷の名前で武藤の顔色は変わり、それ以降、河合と口をきかなくなってしまった。

河合は訳が分からなかった。結果として、武藤に対して学生時代と同様の複雑な感情だけが残ることになった。


河合を乗せた香取丸は香港の波止場に着いた。隣に停泊している貨物船から大勢の苦力《クーリー》たちによって積荷が次々運び出されている。

河合はそれを見ながら感心していた。

「凄いなぁ‼　鈴木商店の勢いは！」

どの港でも鈴木商店の荷物を目にしないことがないからだ。鈴木商店は今や三井を抜き日本最大の商社となっていた。

鈴木商店、その伝説的成長は台湾から始まった。

明治二十八（一八九五）年に日本が台湾統治のために設置した台湾総督府の民政局長となり、植民地経営に辣腕《らつわん》を発揮した後藤新平《ごとうしんぺい》に取り入ったのが、神戸の中堅商事会社に過ぎなかった鈴木商店の番頭、金子直吉《かねこなおきち》だった。

「行けー‼　行くと決めたら真っしぐらに行けっ‼」

それが金子の口癖だった。

金子は台湾での樟脳《しょうのう》の生産と販売促進に従事し、台湾産樟脳の過半数の販売権を握って莫大《ばくだい》な利益を上げた。樟脳はセルロイドの原料となるほか、医療品や防虫剤、香料に使用され、爆薬の原料にもなる貴重な植物資源だった。

「買えるものは何でも買え‼　投資出来る先へはどんどん投資しろ‼」

鈴木商店は台湾で得た利益を基に積極的な事業展開に乗り出し、製糖業、煙草《タバコ》、製粉業、麦酒《ビール》などの多角化で成功を収めた。そして、海運業、海上保険、三国間貿易などに手を広げ、世界大戦時にはあらゆる商品の輸出入を行った。神戸本店のほか、東京、横浜、名古屋、下関、札幌、台北、京城に支店を置き、世界各国の主要地に拠点を設けていった。

大正六（一九一七）年には十六億円に及ぶ年商をあげ、三井を抜いて日本一の商社となった。スエズ運河を通過する貨物の一割は鈴木商店のものと言われ、経営拡大の結果、関連会社は直系、傍系合わせて六十を超えていた。

河合が世界中の港で目にした光景は香港でも見ることが出来た。数珠繋ぎとなって苦力たちが肩に担ぐ麻袋、そこに刻印された鈴木商店のSZKの連なりだ。

「どこの港もSZKだらけだな」

そのマークは燦然《さんぜん》と輝いていた。

デッキにいた河合にボーイが日本からの電報を持ってきた。『株式大暴落』と書かれている。

船はそれから四日をかけて大正九（一九二〇）年四月七日に横浜に着いた。

東京株式市場は停止していた。

◇

大正九年三月十五日の暴落で二年にわたった第一次世界大戦後の大相場は終焉《しゅうえん》した。

大戦を契機とした輸出の急激な伸長とそれに伴う設備投資の拡張は、あらゆる領域の経済を活性化させた。大正の始まりから世界大戦終了までの八年の間に、日本の国内総生産は三倍になっていた。

「国家の成り金となる場合、いかで個人のみ成り金とならぬ道理のありや」と東京朝日新聞が書いたように、株式投機は一般大衆にまで広がっていた。商いを営む者は主人はおろか番頭から丁稚《でっち》まで、医者も学者も弁護士も、そして田舎の五反百姓までもが株に熱中した。

開業の見込みが三年後になってみないと分からない危うい事業内容の日本水力会社が株式の募集を発表するや、三千七百倍の申し込みが殺到する熱狂ぶりだった。

「株を買っていない？　それは馬鹿というのと同じ意味だよ」

会社や大学では株主でない者は負け犬のように見られた。

兜町は世界大戦後の二年、棒上げの相場を続けた。指標銘柄である東株（東京株式取引所株。取引所自ら株式を上場）の株価は二年で三倍強にまで上昇を見せていた。

「さぁ、浮いた浮いたぁ。瓢箪《ひょうたん》ばかりが浮きものかぁ」とさかんに囃《はや》された。

どんな相場も天井をつける時はいつも同じだが、最後に出来高が急増した。大正九年三月一日に新記録を樹立し取引所から赤飯と正宗の小瓶が仲買人や場立ちに振る舞われ歓声が上がった。しかし、三月三日を境に、じわじわと下落が始まった。

三月七日に塩水港精糖会社が兜町の仲買人たちを帝国ホテルに招いた。

全招待客がテーブルに揃《そろ》った次の瞬間、皆息を呑んで驚愕した。新橋の芸者数十人が一斉に出てきたのだ。そしてテーブルを酌をして回りだした。西洋料理の宴会に芸者を入れるなど絶対にありえないことだった。贅沢慣れした兜町の連中もこれには度胆《どぎも》を抜かれた。

「帝国ホテルに芸者を侍《はべ》らすまで世の中贅沢になっちゃあ、この景気もすっ天井じゃねえか……」

真顔でそう囁き合う者もいた。

それは現実となる。三月十五日の大暴落で長い上昇相場の終了宣言がなされたのだ。大天井となった三月三日に五四〇円をつけた東株の株価は十五日には三九九円にまで暴落した。それが戦後恐慌の始まりだった。

十五日の暴落で、仲買人たちが取引所に納める追証は六千五百万円という膨大な額に達した。取引所は緊急理事会を開き、十六・十七の二日間立会を休止した。追証が何とか完納され、再開後は持ち直すように見えたが、四月に入り商品相場の暴落から再び急落となり取引所はやむなく再停止となってしまった。

帰国した河合良成が再停止直前に見た立会場の光景は凄惨《せいさん》なものだった。取引の手が全て前に向かって下がって振られている。初めて見る総売りの場面だった。

「これが現実のことか？」

ひとりでも買いの手を振ろうものなら、雪崩をうって無数の売りの手が被《かぶ》さり、一瞬で渦のようになって買いの手が埋没していく。怒号と悲鳴が到るところからあがり、呆《ほう》けたように口を開いたまま天井を見上げる者、頭を抱えしゃがみ込む者、訳の分からないことを喚《わめ》きながら歩き回る者も見える。

「吉原の見返り柳へこれから首をくくりに行くよ」

「浅草十二階から飛び降りた方が早いぜ」

交される冗談がうつろに響いた。

大量の持ち株をどうにも処分出来ず、ただ呆然《ぼうぜん》と下がっていく株価を見つめて沈黙する大手仲買人たちの顔は皆、蒼白《そうはく》だった。

取引所の停止中、東株は市場外の気配値で二〇〇円を割り込んでいく。この四月の第二次暴落で仲買人の資金は尽き万事休すとなる。

仲買人は顧客の売買仲介と自己の売買の双方分で取引所に追加証拠金を入れなくてはならないが、未曾有《みぞう》の暴落で顧客からの追証が取れないだけでなく、自分達も追証に必要な自己資金が尽きていた。地場銀行も貸し出しに応じる力がない。仲買人から追証が徴求出来ない場合、取引所は仲買人たちを違約処分にすると同時に完全賠償の規定に則《のっと》って自ら賠償に応じなければならないが、そのカネがなかった。資本金を遥《はる》かに超える金額に達していたのだ。つまり取引所は潰《つぶ》れる。

このままでは株式市場そして日本経済も瓦解《がかい》することになる。

◇

天一坊は無類の風呂好きだった。

蠣殻町にある二階屋の天一坊の店、松谷合資会社の一階奥には浴室を設け、何かにつけ風呂に入った。浴槽は檜《ひのき》よりも高価な高野槇《こうやまき》で設えてあり芳香をたてる。大きな浴槽のぬるい湯に巨体を沈め、じっくり相場を練るのが何よりの時間だった。ただ暴落以降、湯船に浸《つ》かっている時間が短くなっていた。

「けったくそ悪いで、ほんまに。あと一歩で取引所の息の根ぇ止められるとこやのに」

浴室から出ると素っ裸のまま仁王立ちになる。すると、事務員として置いている若い妾《めかけ》が手拭いで身体《からだ》を拭《ふ》いていく。勘の悪い娘だが、明るいのが天一坊の好みだった。

身体が乾くと下帯もつけないまま二階の座敷に上がり、用意されてあるサイダーを胡坐《あぐら》をかいて一気呑みする。

天一坊は酒を呑まない。三本立て続けに呑んで落ち着くと腹が減っていることに気がついた。

「天婦羅の出前や。験《げん》直しや験直し！」

そう階下に向かって言い放つと、座敷にかけてある村上浪六《むらかみなみろく》が描いた達磨《だるま》図を見つめた。

「なぁ達磨はん。この大瓦落《ガラ》（暴落）、わての一世一代の勝負に吉と出まんのかそれとも……」

ほどなくして天婦羅が届けられた。いつも通り五人前の山盛りだ。天一坊はそれにむしゃぶりつくが、途中で箸《はし》を投げ出してしまう。

「こんな、もむない（不味い）天婦羅が食えるか！」

そう言うと、着物を身につけてさっさと店を出て行ってしまった。

「あら！　旦那さんが残すなんて珍しいわね」

若い妾は残された天婦羅を摘《つま》み食いしてみた。からっと揚げられた江戸前の海老《えび》は胡麻《ごま》の油も香ばしく冷めていても美味《うま》かった。

◇

「これではあかんなぁ……」

誰もいない証券交換所の立会場を見に来て天一坊は呟いた。人のいない交換所の木造の建物はバラックそのものだった。取引の停止は続きいつ再開となるか分からない。闇《やみ》気配での株価は下げ続け、自らの損も膨らんでいた。

しかし、天一坊は苦しいながらも交換所を止めようとはしなかった。大相場ほど張る人間を厳しく試しに来る。自分がこの試練を乗り切れば、人生最大の相場をものに出来ると信じていた。策士ではあったが、天一坊は生来の相場師だったのだ。

東京株式取引所の取引停止状態は続いていた。

郷誠之助らと仲買人組合との間では頻繁に話し合いが持たれていた。

「とにかく、建玉の整理しかない。一体現状はどうなっているんだ？」

郷は仲買人代表に問いかけた。

「営業細則第七十四条で許される最大の範囲でやれることは全てやっています。解け合いに持っていける取引は全てやりました。希望解け合い、懇請解け合い、自店解け合い、他店解け合い、肩替わりをやれる余裕のある店には全部やってもらいましたし、受け渡し乗り替えも出来る限りやっています。ただ、膨大な建玉全てを解け合おうにも、資金が全然足りません」

仲買人間での利害関係の対立は深刻で建玉の整理は簡単ではない。値段を折り合わせて解け合おうとしても資金の目途が立たない。彼らは最後の手段として取引所に対して肩替わりを強く要請する以外に手はなかった。

そんな状況を受けた取引所の理事会は重苦しい沈黙だけが続き、どの理事も発言しない。元々当事者意識の薄い理事たちは現実感も責任感もないような態度だ。苛立《いらだ》ちの頂点に達した郷が理事会で怒鳴った。

「河合ッ！　抜本的な救済策の案を明日までに立てて持ってこい！」

郷の癇癪《かんしゃく》が放った無茶だった。欧米の取引所の実情報告など、どこかに吹き飛んでしまった。河合は株式市場の生き残りを賭《か》けた策を考えなくてはならなくなった。

河合は計算を繰り返し取引所再開に必要な資金の額を弾《はじ》き出した。未決済取引を処理するのに三千五百万から四千万円が必要だった。それを銀行からの借り入れで賄うとして、銀行を納得させられるだけのちゃんとした受け皿を用意する必要がある。カネの貸し借りは、どこまで行っても信用が基本であることに変わりはない。

ただあまりにも巨額な資金だ。それをどこからどう融通させるかを考えるうちに夜が白々と明けてきた。頭の中で巨額という言葉がこだましている。

「巨額過ぎるから出来ないんじゃない。巨額だからこそ出来ること、巨額だからこそ可能な仕組みがある筈だ」

様々に言葉を置き換え組み換えしているうちに、河合はあることを思いついた。

公債引受と同じ仕組みだった。

仲買人に資金借入のためのシンジケートを組織させ、取引所も加わった連帯責任とすることで受け手の信用を強化する。そして貸し手は日銀に引き受けてもらう。だが日銀は法律上、銀行への貸付しか行えない。そこで大銀行を中心としたシンジケート（銀行団）を組成させ、そこへ日銀が資金を拠出し、銀行団から仲買人シンジケートへ貸し付けるようにするのだ。

ただ、決定的な問題があった。担保だ。仲買人から取引所が代用証拠金として受け入れている有価証券では必要額に遠く及ばない。

朝、理事長室の郷に河合は案を提出した。郷は一読するとすぐ腹に落ちたようだった。

「ただ、担保が全然足りません」

河合が弱々しく言うと、郷は任せておけと笑った。この笑顔に賭けるしかないと河合は思った。

東京株式取引所内の大会議室には二百名近い人間が犇めいた。人いきれと朦々《もうもう》たる煙草の煙が緊張と共に立ちこめている。

「なんで真っ当にやってる者が呑んだ連中の尻《ケツ》まで拭かなきゃなんねえんだぁ！」

和服姿の零細業者が喚いた。郷が組合員全員による連帯責任での銀行借り入れの必要性を説明した時だ。

その業者の言葉は正当なものだった。仲買人の中には明らかに客から呑んだ不正な取引分まで借りようとしている者も少なからずいる。仲買人同士も買い方や売り方での立場や思惑《はら》の違いから、決して一枚岩ではなく常に分裂の危機を孕んでいた。

「いま融資を受けられなかったら、みんな共倒れだ。残念だが兜町は大銀行から信用されていない。大手町を説得するにはこれで行くしかないんだ！」

郷の顔は紅潮し、机につっぱった両の腕が小刻みに震えている。大手仲買人たちは郷の説得を見守るように、ただ沈黙していた。

「じゃあ、理事長さん。呑んだ業者が飛んだら取引所がその分は被《かぶ》ると約束してくれよ」

出来はしないだろう、と蔑みを含んだ言葉が郷に投げ返された。

ここで躊躇《ちゅうちょ》したら終わりだ。郷は腹を据えた。

「分かった。僕が面倒みよう」

その瞬間、それまで郷を正論だけの理事長と見ていた仲買人たちは腹の底まで息を呑み、陥《お》ちた。これで仲買人によるシンジケート組成は取り付けた。次は銀行だった。

郷はすぐに大蔵大臣の高橋是清《たかはしこれきよ》と日銀総裁の井上準之助《いのうえじゅんのすけ》を訪ねた。

郷にとっても日本経済にとっても幸いだったのは、この時期に高橋・井上という真の経済通がそれぞれの立場にあったことだ。両者とも瞬時に理解を示し、日銀による株式救済資金拠出の内諾を得た。

そして日本興業銀行へ回った。そこで興銀を幹事行とした株式救済シンジケート団の組成を迫っていった。

だが興銀の土方久徴《ひじかたひさあきら》総裁は、兜町との取引は自分の眼の黒いうちは絶対にやらないと拒んだ。興銀は銀行界の絶対的リーダーだ。その興銀を陥とせなければシンジケートを組むことは不可能だ。

「あんたの命の話をしてるんじゃない！　日本経済が生きるか死ぬかの話だ！」

郷はそう恫喝《どうかつ》した。しかし、土方も負けていなかった。

「百歩譲って融資をお引き受けするとして、四千万円もの資金相応の担保がご準備出来るのでしょうな?」

郷は土方を見据え、あると返事をした。

「僕があると言ったら、ある。それだけだ」

そう言い放ち、最終的に合意を取り付けた。そして興銀を中心とした十六行によるシンジケートが組まれる運びとなった。

取引所はある筈の担保内容を記した計表を銀行団に提出した。それを受けて後日、興銀は取引所に担保確認にやってきた。興銀は他行に対し「担保確認は幹事行として当行が全責任を持って行う」旨を伝え了承を取っていた。

たったひとりでやってきた興銀の行員は、取引所の保全担当者に対して、融資金に足るだけの有価証券はあるのか、と訊ねた。

すると悲壮な表情で、あると応《こた》える。

次に計表の数字に間違いはないか、と訊ねた。これにも間違いないと応えた。それだけ聞くと一枚の株券も見ることなく興銀の行員は引き上げていったのだった。

こうして四千万円の融資が実行された。

「日銀による株式救済!」

新聞各社から一斉に号外が出された。その報は瞬時に市場を重く覆っていた空気を晴らすことになった。取引所は五月十五日に再開に漕《こ》ぎ着ける。

再開後は堅調な相場が続き、東株の株価はその後一年で倍になっていく。借り入れた資金で生き延びた仲買人たちもこの相場で救われた。借入金は四ヶ月で完済され、銀行団も日銀も十分な利息を獲得して暴落相場は幕を降ろした。

三月十五日の暴落から二ヶ月の間に立会が行われたのは僅か二週間という惨状だった。あと数週間遅れたら株式市場は壊滅していた。


河合良成は今度の暴落相場で取引所の存在そのものの脆弱性《ぜいじゃくせい》を痛感し、資本の増強が不可欠だと考えた。そして、まだ残されている問題の解決にも資金がいる筈だと計算した。

そこで取引所の増資断行を郷誠之助に提案する。河合の案は斬新《ざんしん》だった。

過去において取引所株の増資割り当ては、取引員とそれに準ずる者にのみ行われていた。今回はその上に公募を加えての巨額増資計画を進言したのだ。河合は今の戻り相場であれば公募も成功すると考えた。

それを理解した郷は勢いに乗ったまま一気呵成《いっきかせい》に増資プロジェクトを主務官庁である農商務省や大蔵省を回って認めさせた。そうして二千万円だった資本金を六月に四千五百万円に倍加させることに成功したのだ。

決断とスピードの勝利だった。

河合良成はトラブルシューターの真価を発揮した。そして、河合は残された問題に取り組んだ。

天一坊だ。

◇

大正九年の悪夢のような暴落相場に幕が引かれ、翌十年には天一坊も蘇《よみがえ》っていた。

河合良成は郷誠之助から天一坊の処理を任される。しかし、法律上はどんな手を使っても営業を止めさせる手だては見つからなかった。

河合は、カネにはカネ、政治には政治、と考え証券交換所を株式取引所が吸収合併することを提案する。そのための資金は増資で作ってある。河合はその方針に従って主務官庁と協議し同意を取り付ける。

そして郷には政治の面で活動してもらった。交換所の重役や顧問の政治家を押さえ、スムーズに交渉を運ぶための地ならしだ。

これで外濠と内濠を埋めた。最後は本丸への攻撃だ。こうして河合は天一坊との交渉に臨んだ。

交換所二階にある天一坊の重役室を河合が訪れたのは大正十年七月の暑い昼下りだった。

トレードマークの黒の絽の羽織と白足袋姿の天一坊は扇子をせわしなく動かしながら目を瞑《つむ》り、河合の話を聞いていた。

「合併なぁ……それもええかもしれんなぁ」

天一坊はそう呟いた。郷の根回しが効いて、重役や顧問からその方向で収めることを強く説得されていたのだ。

妙だなと河合は思った。部屋に入った時から感じていたが、天一坊の様子が変だ。まずあの伽羅《きゃら》の良い香りがしてこない。

確かに着物に焚き染めてはいるが、それを打ち消す嫌な臭気を河合は天一坊から感じた。それは汗の臭いではなかった。その表情もどことなく張りがなく、でっぷりというより浮《む》腫《く》んだように見える。

この男、病気だ。

そう気づいた河合は性急な交渉が損か得かを考えながら慎重に言葉を選んでいった。

「松谷さん。株式市場は立ち直ってはいますが、戦後恐慌で日本経済が大変な状況にあることはご存知の通りです。株式取引所もひとつに纏《まと》まって、さらに強固な市場の育成に向かうことが必要です。是非その方向でお考え願います」

天一坊はそんなことには全く関心がないという風に河合の言葉は無視し核心だけを衝いた。

「合併なぁ。よろしいけど、対等合併やないとあきまへんで」

河合は内心呆れたが、顔には出さず応えた。

「細かい条件については、今後詰めていきましょう」

「あかん、あかん。一番大事なんはそこや。分かってまっか、今のうちの出来高は……」

と天一坊は得意の数字を並べ出した。お互いの取引状況や資産内容などだった。

河合は自分のメモを見ながらそれを確認していった。間違いない、病気だ。あの正確無比の記憶力の天一坊に数字の誤りが散見される。河合は頭をフル回転させた。どうする？

この交渉、やはり時間を稼ぐか……。

河合は天一坊に喋りたいだけ喋らせた。

しばらくして、天一坊は疲れたのか、

「常務はん。今日は暑いし、今度にしまへんか？　はっきり言うときますけど、対等合併やないと死んでも交換所は渡しまへんで」

と肩で息をしながら言った。

承りましたと河合は部屋を出ようとした。

「あっそれから、合併の暁にはわてを理事長代理で迎えてくれはるよう、郷男爵に言うといておくれやすな」

河合は振り返って、

「伝えてはおきます」

と能面のような表情で言い、部屋を出た。

郷の次は自分を理事長にしろという要求だったが、河合は怒りもせず不思議なほど冷静でいる自分に驚いた。取引所に入ってから様々な問題を解決してきた自信は大きかった。かつて天一坊に感じた恐怖心はなかった。

〈勝てるかもしれない〉

河合は鎧橋のたもとを歩きながら、そう思っていた。


「おい湯がぬるい。もっと熱うせんかい」

天一坊は湯船の中から怒鳴った。

八月半ばの夕方だった。

若い妾は不思議だった。ぬるめの湯が好きな天一坊が、近頃は身体が冷えると熱い湯を好むからだ。

「また太ったわ」

浮腫《むく》んでいるのを勘の悪い妾は太ったと思い違いをしている。

天一坊は医者が嫌いだった。自宅にいると女房がお願いだから病院に行ってくれとうるさい。

それで、ここ数日は店に泊まり込んでいた。

「もうちょっとや。もうちょっとで、わての大相場が終わる。一世一代の大勝利、誰にも真似《まね》のでけへん大勝利や」

天一坊は今までの相場人生を思い返していた。

丁稚時代の手張りの数々から、米相場での売り仕掛け、大阪堂島の米穀取引所株や内国通運の買い占め、そして東京証券交換所。甘美な感覚が天一坊を包んだ。

「入ってくるカネで次は何をしよう？　どんな相場張ろう？　あぁ……ええ気分やぁ」

風呂の格子の窓からは夕日が差し込んでいる。

天一坊の目の前にその夕日が大きく迫り、全てが真っ赤に染まっていった。


「あら、今日はずいぶん長いわねぇ」

妾は天一坊がずっと風呂から出る気配がないのにようやく気がついた。

「旦那さん。まだ入ってんですかぁ？」

何の返事もない。

「旦那さんって……」

扉を開けると湯船の中で眠っている天一坊がいた。

「嫌《や》だわ、旦那さんったら……」

日はとっぷりと暮れていたが、狂った蟬《せみ》が一匹鳴いていた。


大正十（一九二一）年も押し詰まった十二月、東京株式取引所による東京証券交換所の吸収合併が成立した。郷誠之助は河合良成から提案された合併案の中から情実を交えず最もフェアなものを選んだ。取引所の増資新株（新東株）のうち三万株を交換所に交付し、交換所の株式（未上場・払込み価格十二円五十銭）二十万株と引き換えたのだ。当時の新東株は百二十円前後で推移していた。交換所株式二十万株と百二十円の新東株三万株との交換は株価の比較からすれば対等合併を超えたものとなっている。天一坊は望んだもの以上を獲得したのだ。

しかし、合併後の取引所の理事の中に天一坊の名前はなかった。

天一坊こと松谷元三郎は、八月に急逝していた。浴室で倒れ意識がないまま搬送された病院で二日後に息を引き取っていた。糖尿病からの腎不全だった。

奇策に次ぐ奇策の相場人生は、幕を降ろしていた。享年四十六。


年が明けて大正十一（一九二二）年一月。

東京株式取引所の新年会は絢爛豪華《けんらんごうか》なものとなった。立会場の正面には目にも鮮やかな鏡板を持つ原寸大の能舞台が設えられている。郷誠之助は政府高官や財界首脳の殆ど全員を新年会に招待していた。

新橋の売れっ子芸者、七人組を始めとして東京中の美妓《びぎ》が総揚げされ、集まった賓客たちをにこやかに接待して回り、場内は樽酒《たるざけ》の香りと芸者たちの白粉《おしろい》が放つ甘い匂いで満たされていた。

六代目尾上菊五郎《おのえきくごろう》が壇上に現れると大きな拍手が沸いた。華麗に鏡獅子《かがみじし》を舞い踊り、場が最高潮に達したところで、理事長の郷誠之助が重役一同を率いて舞台に登場した。

割れんばかりの拍手の中、郷と並んだ河合は晴れがましい気分を味わっていた。

戦後恐慌も収束を見せ、交換所の問題も片付いた。今年は、いやこれから自分はどうなるかと、高揚する心の中で河合は考えた。

郷の挨拶は続いている。

「自分の役割はまだまだ続くだろう。相場や仲買人を相手にする限りトラブルはなくならないのだから」

舞台の下から馴染みの芸者が河合に向かって手を振っている。島田に結った髪に稲穂の簪《かんざし》が揺れていた。晴れがましい気持ちの中で、ふとその女との閨《ねや》のことを思い出して河合の口元は緩んだ。

3　ディールメーカー

三月中旬の晴れた日の午後、私はクルマを鎌倉へ走らせた。『帝人事件』に関してあることを調べるためだった。

事件の中心人物である河合良成が関《かか》わった番町会は、麹町上二番町の郷誠之助の屋敷で開催された集まりであったためにその名前がつけられている。そして記録では、大きな鎌倉彫の円卓を囲んで会は行われたとされていた。

どんな円卓だったのか？　その手がかりを探してみたくなったのだ。

文字を追う毎日にいささか飽きて、何か形のあるもので帝人事件を感じたくなっていた。

鎌倉で訪れたのは鶴岡八幡宮前の老舗、博古堂だった。鎌倉彫の代名詞といえるこの店なら何か情報がある筈《はず》と思ってのことだった。

店を訪れ、当主の後藤圭子さんに事情を説明したところ快く調べてくれた。しばらく待っていると「ありました」と紙片を持ってきた。

『昭和三年十二月　郷男爵　五尺二寸丸卓　青銅獅子足』

それは「木地」と呼ばれる円卓の設計図だった。圭子さんの曽祖父《そうそふ》、後藤運久《うんきゅう》がそれを基に獅子足を持つ約百六十センチの径の円卓を、漆塗りの一種である青銅塗りを施して、郷誠之助に納めた証拠だった。

◇

昭和三（一九二八）年、十二月。

既に師走に入って半ばを過ぎたが、温暖な相模湾を懐に抱く鎌倉には冬の寒さなどないかのように、穏やかな陽気が続いていた。

鶴岡八幡前に店を構える博古堂の昼下がり、二人の男が静かに対峙《たいじ》していた。

店舗奥にある応接間、部屋の中央に据えられた朱色獅子足の円卓の上に見事な塗り箱が置かれていた。

椅子《いす》に腰を掛け円卓を挟んで対になってその箱を見つめる二人は羽織袴《はかま》に身を包んでいる。両名とも歳は六十を超えているが、その面持ちは若々しく体躯《たいく》も堂々たるものだった。

卓上の漆の料紙箱は全体に青銅塗りが施され、漆黒とは趣きの異なる若々しく健康な輝きを放っていた。そして、金や銀、青金を材として蒔絵《まきえ》や漆絵、螺鈿《らでん》、素彫りの技を用い、笠《かさ》や鍵《かぎ》、七宝紋などの意匠が蓋《ふた》の表裏から側面に至るまで、鏤《ちりば》めるように施されていた。

『宝尽し』と名付けられた、江戸時代の名工、柴田是真《しばたぜしん》の逸品だった。

禿頭《とくとう》に立派な顎鬚《あごひげ》、どこかしら彫刻家の高村光雲《たかむらこううん》を思わせる風貌《ふうぼう》の男が口を開いた。

「これは正真正銘の名人の作でございますな。偉大な先達である是真の技をこうして拝見させて頂け更なる精進の覚悟が湧《わ》いて参りました。男爵様には心より御礼申し上げます」

深々と頭を下げた男の名は後藤運久、鎌倉彫、後藤家二十七代当主であり、父、斎宮と共に廃仏毀釈《はいぶつきしやく》によって存亡の危機にあった鎌倉彫を再興させた人物だった。その彫り技の冴《さ》えは、天才的とされていた。

白髪を美しく刈り込み整えられた口髭に役者のような目鼻立ち、大人《たいじん》の風格を備えた郷誠之助が真摯《しんし》な運久の言葉に頷《うなず》きながら鷹揚《おうよう》に応《こた》えた。

「そう言ってもらえると高いカネを出した甲斐《かい》があったというものだ。ぼくは何でも一番良いもの、一番高いものを買うことにしているが、これは特別だ。預けておくから是非研究に使ってくれ」

そう言うと懐中から煙草《タバコ》を取り出し、ダンヒルのオイルライターで火を点《つ》けた。そして、美味《うま》そうに煙を吐き出してから煙草を灰皿に置き、両手で円卓の縁を撫《な》でながら言った。

「君に頼みなのだが、この円卓と同じ獅子足のものを東京の本宅に納めてもらいたいのだ。ただ、塗りは朱ではなく是真の料紙箱と同じ青銅にしてもらいたい。それと、もうひとつ注文だが、ぼくは毎月屋敷に若い者を十人ほど集めて飯を食いながら雑談をする。その折に全員が囲めるだけの大きさにしてほしい。カネと時間は必要なだけ存分にかけてもらって結構、君が得心のゆく昭和の代表作に仕上げて納めてくれ」

この時、郷誠之助は六十三歳、東洋製鉄社長、東京電燈会長などの様々な役職を兼ねて財界の巨頭と呼ばれ、企業の合併や再建を仕切る財界世話業を行う立場になっていた。夏には箱根の宮ノ下、冬には鵠沼《くげぬま》の松が岡と、それぞれに持つ別宅で過ごしていた。博古堂の応接間に置かれている円卓のやや中央に大きな黒ずみがあった。五年前の関東大震災で店舗が倒壊した折に出来た疵《きず》の直し塗りが施されたところだった。郷は店を訪れるたびにその部分を愛《いと》おしそうに撫で、「ぼくの背中の傷と双子の兄弟だからなぁ」と嬉《うれ》しそうに呟《つぶや》くのだった。

五年前の一月に遡《さかのぼ》る。

「郷さんを囲む定例の会を若い者で作ろうと思うのですが如何《いかが》でしょう？　渋沢子爵には龍門社がありますし、和田豊治《わだとよじ》さんは鶚会を持っています。財界の雄である郷男爵にあってもいいと思うのですが」

大正十二（一九二三）年の正月、年始の挨拶《あいさつ》に郷の本宅を訪れた河合良成の言葉から番町会は生まれた。

渋沢栄一や紡績業を後ろ盾に財界世話業を行う和田のような姿を郷に期待してのことだ

った。

人選を一任された河合は、郷のかつてのお気に入りだった部下に呼びかけると共に、彼らが推薦する友人を募った。「優秀な人材を」と注文を付けることを忘れなかった。

その結果、十人が選ばれた。

こうして毎月、郷邸に集まり食事をしながら雑談を行う会が始まった。

当初何度も遅参する者がいて時間に頗《すこぶ》るうるさい郷の怒りを買った。「吸い物が冷める！」と郷は癇癪《かんしゃく》を起こし、その人物が呼ばれなくなるなど小さなトラブルはあったが、「たわいもない話をする集まり」は続いた。

それが偶然か河合の計算だったかは分からないが、まるで会の発足を待っていたかのように、郷誠之助は財界世話業を本格的に始めるようになる。郷を巡る環境の変化は会の性格を変化させていった。そして同時に、郷自身の内的な変化も会に重要な転機をもたらしていた。

会を発足させたその年の九月、関東大震災が起こった。

箱根宮ノ下の別荘で被災した郷は倒壊した家屋の下敷きになり動けなくなった。女中たちが周りで死んでいるのが分かる。火が出れば自分も終わりという状況だ。恐怖や焦りに駆られながらも様々な想いが郷の頭の中を渦巻いた。特に二人の女の記憶は何度も蘇《よみがえ》った。

十代の頃の許婚《いいなずけ》とドイツ時代の恋人だった。二人とも、郷と愛し合いながらも結ばれない運命を悲嘆して自ら若い命を絶っていた。その為、郷は生涯一度も妻帯することはなかった。

どのくらいの時間が経《た》っただろうか。助けが来る気配もなく、もう駄目かと覚悟をした時だった。郷の足の裾《すそ》の方から、ふうっと冷気を含んだ山風が吹き上げた。その瞬間、何かが郷の中で起こった。心なのか身体《からだ》なのか、もっと深いところか定かではないが、郷という人間から何かがその風と共に抜けた。

それまでの恐怖が消え、微《かす》かな谷川のせせらぎが郷の耳元に聴こえてきた。その浄《きよ》らかな音はこれ以上ない清々《すがすが》しさを郷に感じさせた。

生も死も、欲も徳もない。ただここにこうしていることがこの上なく快い。

郷は何かを悟った。

それが世に言う無常観なのかどうかは知る由もない。

その後、駆けつけた消防に郷は救出される。

この体験を境に、郷の性格が一変した。

それまでの何事にも細かく、時に癇癪を伴う激しい性格は影を潜め、鷹揚に構えるようになった。常に俯瞰《ふかん》で物事を捉《とら》え、個人よりも企業、企業よりも産業、産業よりも経済、経済よりも国家と考えることが習い性となる。

財界世話業として認められ、その役割を強く求められ始めた時に、大きな器を備えたのだ。そんな郷を主宰とする若き財界人の集まり、それが番町会になった。

会員たちは皆まだ三十代で優秀な兵《つわもの》たちだ。そんな郷の下で「三井三菱、何するものぞ！」と自由闊達《かったつ》な議論に興じた。

郷は自分に集まる政官財の表の情報は勿論《もちろん》、裏の情報も惜しげなく会員たちに披露した。

財界世話業となった郷には、次々と企業《ミクロ》の救済話が持ち込まれると同時に、経済財政政策《マクロ》への助言も求められた。郷はそうした案件を会員たちに課題として提示しては議論させ、出てくる意見を積極的に採り上げた。そうやって会での討議の結果が郷を通して財界と直結し、政治・経済を動かすようになっていった。

「たわいもない話をする集まり」は昭和に入る頃、郷誠之助による財界世話業の強力なマシーンに変貌《へんぼう》し、ディールメーカー番町会となっていた。


郷による財界世話業、その最初のディールは大正十五（一九二六）年二月の日本郵船と東洋汽船の合併だった。

東洋汽船が経営悪化に陥り、運航するサンフランシスコ航路の維持が危ぶまれるという国家的な問題にもかかわらず、国には直接介入して解決する力がなかった。

そこで財界世話人が前面に出ることとなったのだが、第一人者である渋沢栄一は既にその任からは退いていた。そこで、渋沢に代わって井上準之助と郷誠之助が合併協議を行うこととなった。

井上準之助は東洋汽船の代表として交渉に臨んだ。東洋汽船のメイン・バンクである安田銀行と関わりの深い井上に白羽の矢が立ったのだ。そして、日本郵船の相談役である郷誠之助が郵船側代表として折衝が行われた。

郷と井上は合併案を纏《まと》めあげると渋沢栄一の裁定を受ける形をとって完成させた。

このディールの成功は渋沢から郷と井上への財界世話業の禅譲を財界に知らしめることになった。


この合併協議から郷は番町会の活用を本格化させた。

会員の中から仕切り役を選び出し、その人間を中心にシミュレーションを行わせた。この時には、船舶法や日米の海運事情を徹底的に調べさせて議論をさせた。

そのために郷は番町の屋敷を会員たちに開放した。場所は別邸の西洋館内にある撞球《ビリヤード》室だった。点数掲示用に壁に設置されている黒板を使いながら皆で討議を重ねた。

そこで生まれた解決へのオプションを日本郵船サイドの案として纏め、郷は井上との折衝に臨んでいたのだ。

そんな郷の財界世話業の遂行力を見て、次のディールを真っ先に持ってきた会員がいた。永野護《ながのまもる》だった。

松江の弁護士の長男として生まれた永野は一高を経て東京帝大法科大学を二番の成績で卒業した俊英だった。

帝大時代、永野の師であり日本法学界の重鎮となった松本烝治《まつもとじょうじ》は、永野ともうひとりの弟子を可愛《かわい》がり、「一番で卒業した方に自分の娘を嫁にやる」と告げて二人を競わせた。その時、永野を抑えて一番になったのが、後に最高裁長官になる田中耕太郎《たなかこうたろう》だった。

永野は卒業後、渋沢栄一の三男、正雄《まさお》と中学時代からの親友である縁で渋沢栄一の秘書を二年務めた後、正雄の経営する商事会社の支配人となった。

「これからは相場の時代だ。その時代に乗らずにどうする！」

若く山っ気たっぷりの二人は友人の山下太郎《やましたたろう》（後の満州太郎、アラビア太郎）と組んでブリキで相場を張って大儲《おおもう》けし、典型的な成金生活を謳歌《おうか》する。

しかし、大正九（一九二〇）年の大暴落で会社は倒産、全員が何もかもを失い、正雄は渋沢家から勘当され意気消沈してしまう。

「ニワトリでも飼って暮らそうか……」

永野も困窮したが、高い能力を買われ様々な役職を与えられて再起し、父親の尽力で立ち直った渋沢と共に番町会会員として郷の薫陶を受けていた。

その永野が専務を務める日本製麻が破綻《はたん》し、帝国製麻との合併を模索していた。当初帝国側について斡旋《あっせん》に乗り出したのが井上準之助だったが、両社の資産内容のあまりの隔たりに腰が引けた。日本製麻には一千万円の借入金があり景気の好転が見込めない中では致命的な大きさの負債と思われた。

そこで永野は郷誠之助に協力を依頼した。話を聞いた郷は番町会での仕切り役に、永野ともうひとりの会員を指名した。永野はその人物と協力して麻の需給動向と市況予測、生産能力の現状の精査と両社の資産価値の徹底した再評価を行った。

それが、伊藤忠兵衛《いとうちゅうべえ》（二代目）だった。大阪の商事会社、伊藤忠の若き総帥だ。伊藤も相場師として天国と地獄を味わっていた。二十二歳で家業を継ぐと日露戦勝景気で巨利を収め、悠々と英国留学を果たす。

留学中にも日英の金利差に目をつけた貿易取引（一種のキャリー・トレード）で大儲けをする。しかし、永野たち同様、大正九年の大暴落で壊滅的な打撃を受けた。

「皆で首くくろかぁ」

「あきまへん、あきまへん。こないぎょうさんでは、あの世へ行く前に鴨居《かもい》が重みで落ちてしまいますがな」

大阪商人特有の自虐の笑いの果てに、一族の資産は全て処分された。

そして、大量の従業員の首切りを行うことで倒産を免れた。

番町会では伊藤忠商事社長の立場を駆使して業界のネットワークを通じた情報や知識を存分に提供した。伊藤はまた、もう一つの重要な役割を担った。

井上準之助とのパイプ役だった。前回の日本郵船と東洋汽船のケースでも同様の役割を果たした伊藤は、井上が日銀理事としてニューヨーク駐在の折に薫陶を受けて以来、側近と呼ばれてもいい存在となっていた。

駐日米国大使を囲んで英語で行われる月例会にも井上や米国政府要人と太いパイプを持つ樺山愛輔《かばやまあいすけ》伯爵らと同席を許されていた。

「このディール必ず成功させましょうね、伊藤さん。井上さんには宜《よろ》しくお伝え願います」

永野はそう言って自らを鼓舞しながら伊藤への協力を惜しまなかった。

永野は伊藤より四つ年下だったが、頭の良さを鼻にかけず天性の明るさを持ち、年下にもかかわらず頼れる兄のようで、伊藤は好ましく思っていた。

この折衝で郷誠之助は井上準之助の顔を立て脇役に回る形をとりながらも、番町会で綿密に練り上げられたオプションを基に話を進め、難しい合併を成功させた。

そして永野護や伊藤忠兵衛の労をねぎらうことを忘れなかった。永野には新しい厚遇の職を用意し、骨董《こっとう》好きの伊藤には自慢の掛け軸を譲って大いに感激させた。

その後も郷はディールを次々と成功させていく。昭和に入って発生した金融恐慌が郷を必要とする案件を多発させたこともある。

郷は銀行の救済は門外漢として、依頼を全て断ってきたが、十五銀行の救済は断れなかった。維新の功労者、岩倉具視《いわくらともみ》の三男で貴族院議員として郷の側近である岩倉道倶《みちとも》のたっての願いだったからだ。

十五銀行は、華族の財産を預かる銀行で、破綻すれば皇室にまで問題が及びかねない。田中義一《たなかぎいち》内閣の蔵相、高橋是清からも正式に救済の依頼を受けた郷は、十五銀行とその最大の融資先で経営不振に陥っている川崎造船の双方の救済を決意する。十五銀行の抜本的な救済には川崎造船の再建が不可欠と見たからだった。

郷は番町会の主要メンバーに川崎造船の資産内容を分析させた。河合良成の実弟が川崎財閥の金融部門の幹部であったことから正確な情報を逸早《いちはや》く入手出来た。それを基に、河合、永野護、伊藤忠兵衛らが分析を重ねた。その結果、不振部門は造船だけで、車両、製鉄の業績は順調であること、国内外にある社有地などの不動産の処分で財務体質を改善させ運転資金を入れれば問題がないことを突き止めた。

郷はそれを受けて、十五銀行に対して、減資と積立金の取り崩しや大口債権回収の猶予を骨子とした再建案を提出した。

十五銀行がその案を受け入れたことによって、日銀による十五銀行への八千万円の特別融資と、興銀、三井、三菱等主要九行による川崎造船への協調融資が実現し救済は成功する。

この救済で郷は勲二等瑞宝章《ずいほうしょう》を受けた。

その後も東京モスリンの整理、日魯漁業の再生などを成し遂げていった。

郷は渋沢栄一の後の財界の長《おさ》としての地位を不動のものとし、多くの有力企業や経済団体のトップを兼任するようになっていく。

そして番町会も隠然たる存在のまま、政官財の各界に入り込むようになった。

会員の間では「そのうちに番町会中心の内閣が出来るな」と実《まこと》しやかに囁《ささや》かれた。

◇

青銅獅子足、五尺二寸の径をもつ大きな円卓は一年をかけて完成し、昭和四年の暮れに鎌倉から番町にある郷誠之助の本邸に運び込まれた。

明けた昭和五（一九三〇）年、正月十四日、曇天のその日、年頭の番町会は開かれた。

集まったのは、会員である十名と年初の招待客二名だった。

会員のリーダー格である河合良成はその頃、郷と共に東京株式取引所を辞し、郷の斡旋で日華生命専務の職に就き、東京帝国大学で「取引所論」などの教鞭《きょうべん》も執っていた。サブリーダーといえる永野護も郷の口利きで米穀商品取引所の常務理事になっている。そして、伊藤忠兵衛が二人と共に会の中心的な役割を担っていた。

彼らの他には、河合の学生時代からの親友である読売新聞社長の正力松太郎《しょうりきまつたろう》、永野の親友で昭和鋼管社長の渋沢正雄がいた。

正力は警視庁の警務部長であったのが、大正十二（一九二三）年に起きた虎ノ門事件の責任を負って辞職し、新聞経営に乗り出していた。河合のほか番町会会員で京成電気軌道専務の後藤圀彦《くにひこ》がそれを支え、郷も援助を行っていたが、当初資金面を支えたのは前年の昭和四年に亡くなった後藤新平だった。正力は警務部長時代に内務相だった後藤の薫陶を受けて以来私淑していた。

渋沢正雄は東京帝大卒業後に相場にしくじり破産の憂き目に遭ったが、父、栄一が陰で支えたこともあって今では昭和鋼管社長として番町会に参加していた。

その他のメンバーとして、合同運送専務の岩倉具光《ともみつ》、国際通運社長の中野《なかの》金次郎《きんじろう》、浅野セメント専務の金子《かねこ》喜代太《きよた》、中日実業専務の春田《はるた》茂躬《しげみ》がおり、総勢十名が番町会を構成していた。

財界の錚々《そうそう》たる面々ではあったが、皆まだ年齢は四十代前半の壮齢だった。

その日は、年頭恒例のゲストとして、貴族院議員の中嶋《なかじま》久万吉《くまきち》男爵と阪急電鉄社長の小《こ》林一三《ばやしいちぞう》が招かれていた。二人とも郷の懐刀として周知の存在だった。

中嶋は明治六（一八七三）年、衆議院議員やイタリア大使を歴任した男爵、中嶋信行《のぶゆき》の長男として生まれ、東京高商（現・一橋大学）を卒業し東京株式取引所に勤務した後、桂《かつら》太郎《たろう》首相や西園寺公望《さいおんじきんもち》首相の秘書官を務めた。そして、古河工業に入り横浜ゴムや古河電工の設立に尽力し、各社長を歴任した後、日本工業倶楽部の専務理事に就任し貴族院議員となっていた。

小林もまた明治六年に生まれ、慶応義塾を卒業後、三井銀行で順調な出世を遂げるが、持ち前の起業家精神から三井を辞して関西での鉄道経営に乗り出す。その斬新な多角的経営で大成功を遂げ、今や時の人となっていた。郷が会長である東京電燈では副社長を務め郷の右腕としても知られていた。

郷と中嶋の両男爵は紋付き袴姿で、あとは全員三つ揃《ぞろ》いという装いだった。正午開催の五分前には全員邸内に揃っていた。時間厳守の郷の性格を知り抜いている者たちだけに抜かりはない。早すぎてもいけない。十分から五分前の間に到着する頃合を全員が弁《わきま》えている。

本邸、日本家屋一階の奥座敷は周りに畳廊下をめぐらせてあり硝子戸《ガラスど》を通して、すだ椎や橡《とち》の木・木斛《もっこく》・紅葉などの巨木に包まれた翡翠《ひすい》の絨毯《じゅうたん》の広がりを見ることが出来た。京都・苔寺（西芳寺）を凌《しの》ぐともいわれた見事な苔庭だった。

座敷には淡々《あわあわ》しい青みを放つ豪華なメダリオン文様のペルシャ絨毯が敷かれていて、そこに会のための席が設けられていた。

六曲一双の本間屏風《ほんけんびょうぶ》には都路華香《つじかこう》の竹図が郷の正月のお気に入りで設《しつら》えられている。

ひと通り賀詞交換を済ませ、全員が奥座敷に通された時、「あっ！」と声を上げたのは、伊藤忠兵衛だった。

「いや、これは見事だな。鎌倉彫ですね」

確かに他の目のない者達にもその円卓の値打ちは分かった。蒼《あお》い絨毯の上に据えられた青銅塗りの円卓は獅子足の湾曲によって見る者に空間の揺らぎを感じさせ、背景の竹図を伴って森の湖に浮かぶ蜃気楼《しんきろう》を思わせた。

郷は満更でも無さそうな笑みを浮かべながら、

「伊藤、後で面白いものを見せてやるから楽しみにしていろ」

そう言って席に着いた。

午餐《ごさん》が始まった。

シャンパンが振る舞われ、郷の簡単な挨拶《あいさつ》の後、中嶋の発声で乾杯となった。呑《の》み干すとすぐに料理が運ばれ、日本酒に替わった。郷の好みの褒紋正宗だった。

最初に椀《わん》が出された。蟹《かに》の糝薯《しんじょ》に蕨《わらび》が入り大根の薄切りがのせてあった。氷をはった水の下に春を思わせる一品だった。椀で小腹の治まったところで酒好きの郷らしく海鼠子《このこ》やからすみ、数の子が続く。刺身は鯛《たい》と赤貝が伊万里の大皿に盛られ、各人の手塩皿には醤《しょう》油《ゆ》とポン酢の二種用意させるのが郷流だった。

その後、郷邸名物の天婦羅となる。奥二階にある天婦羅座敷から江戸前の材料の揚げたてが供される。

各々、料理を堪能する間は、意識して当たり障りのない話に終始した。

前年夏に来たドイツの飛行船ツェッペリン伯号をそれぞれどこで見たか、浅草水族館のカジノ・フォーリーによるレヴューの卑猥《ひわい》さやトーキー映画への驚き、野村芳亭《のむらほうてい》監督『母』に出た子役、高峰秀子《たかみねひでこ》の愛くるしさ、寿屋が発売した国産初のウィスキーの味の薄さや前年の暮れに亡くなった岸田劉生《きしだりゅうせい》の絵のこと。

小林一三には、彼が昨年大阪梅田の駅前に出したデパートの様子に質問が集中した。そして、おきまりとなっている郷誠之助の若き日の武勇伝とドイツ留学時代の酒と女の話へと続き、新年の宴は盛り上がりを見せていった。

酒が進んで来たところで、三日前に実施された金解禁の話になった。

「日銀総裁を二度やり、蔵相もこれで二度目。井上準之助大臣にとって、これはいったい何なのでしょうか？」

永野護が郷に向かって訊《たず》ねた。

東京帝大法学部を二番で卒業した頭脳は明晰《めいせき》さで番町会随一ではあったが、情に厚く皆からは好かれている。

「信念に決まってるじゃないか！」

横から語気強く伊藤忠兵衛が言い放った。伊藤は井上の側近と呼ばれる存在だ。伊藤は永野に好感を持っているが、ことが井上準之助になると話は別だった。

「おいおい、新年から生臭い話で座をさますな」

郷が制した。

「でも、郷男爵もおっしゃりたいことがあるのではないですか？」

永野は続けた。

郷は少し困ったような表情を見せながら、

「確かに、去年の五月に僕と井上さん、それに團琢磨《だんたくま》さんの三人で当時の蔵相だった三土《みつち》忠造《ちゅうぞう》さんに強く迫って『金解禁の即行はしない』と言質を取った時には……彼が解禁論者とは思えなかったがなぁ」

と言って腕組みをした。

「良くなりますよ。為替は安定して景気も相場も必ず良くなります」

伊藤が唱えるように言った。

そこで河合良成が口を開いた。

「確かに、経済学の教科書が教える通り国際経済なるものが最終的にステーブルな収束を迎えることが所与であるなら、そして国際金本位制が本来求められるべき機能を果たすなら、井上大臣の演説通り一時的には不況になるとしても経済は立て直る筈《はず》、ですが」

そこで言葉を一旦《いったん》切ってから河合は続けて強い口調で言った。

「それが為替相場を安定に向かわせるとは思えません。相場は投機です。投機は理屈だけではない。どう動くかは神のみぞ知ることであって、金解禁をやったからといって経済が安定するかどうかは分からないと思います」

河合はかつて理事長だった郷を支えて東京株式取引所の近代化を数々の暴落や震災などの危機を乗り越えながら実現していた。

それ以前には農商務省商務局の官僚として取引所の監督にあたっている。米穀、生糸、そして株式取引所を管轄し、そこで起きる様々なトラブルを処理しながらも、相場を形成する投機が経済に不可欠であることを熟知していた。だが、相場を管理したり予測したりすることは不可能であることも理解していた。

「君は自分で相場を張ったことがないくせによく『神のみぞ知る』などと言えるな」

伊藤が嚙《か》みついた。酒が回っている。

伊藤は河合を相場を張った経験もないくせに頭だけで偉そうに言う官吏だと日頃から思っていた。どこか虫が好かない。伊藤には若くして相場の地獄を経験した自負があった。

「伊藤さん、いいじゃないですか。あなたも大正九年の瓦落《ガラ》(大暴落)でやられた。僕も永野もあの時の相場で財産を全て失《な》くした。でも今はこうやって、皆で郷さんのところで美味《うま》いものを楽しませてもらっている。とにかく機嫌良くやりましょうよ」

丸顔で童顔の渋沢正雄が恍《とぼ》けた調子でそう言うと座は一気に和んだ。

各人が相場に人生を賭《か》けた経験への自負と胆力を照らし合わせているかのようだった。

「しかし、これまであれほど引き立ててもらってきた高橋是清さんに逆らっての解禁断行と民政党政権入り……ずっと井上さんは政友会だとばかり思っていましたが」

小林一三が柔和だがよく通る声で言った。

「そう、僕もそこが気になるところなのだ。国家の経済の舵《かじ》取りに関して是清さんの右に出る者はいない。今は浪人の身だがその能力は余人をもって代えがたい。その是清さんは金を保有することの重要性を事あるごとに説かれている。その千里眼の見通しに反する金解禁が吉と出るのかどうか……」

郷はそう言うと腕組みのまま目を瞑《つむ》った。

「さっきの河合君の話ですが、とすると結局レッセフェールこそが最上であるとあなたは言いたいのですかな？」

頭脳の明断さにかけては永野に勝るとも劣らず、かつ博識の士と皆が認める中嶋久万吉が訊《たず》ねた。河合は呑みかけた杯を置いて応えた。

「いえそうではありません。市場は暴走します。それは必ず起こる。その時に国家がなんらかの手を差し伸べることは必要です。そのための制度作りなり監督なりは必要です。ただ私が申し上げたいのは通貨のことです。通貨という無限のポテンシャルを持つ存在を金《ゴールド》という有限の存在に縛りつけることが果たして未来永劫《えいごう》可能なのか？　それが私には分かりかねます。通貨とは何か……マルクスは嫉妬《しっと》深いイスラエルの神だ、と冗談めかして言ってますが、『虚』或《ある》いは『無』がその本性であるように思えてなりません」

「何だ？　まるで君のお師匠さまの西田幾多郎《にしだきたろう》じゃないか」

郷が大きな目を見開いて笑った。

河合は西田の説く宇宙の時間と空間の無限性を深く信じていた。

「河合君の言うところ傾聴に値する部分が少なくありませんな。ただ我々人間は無限の宇宙から最大公約数の如《ごと》き合理を抽出してそれを生かさなくてはならない。少なくとも科学はそのためにある。そして国家はその発展のために科学を生かさなくてはならない。国際経済競争が激化しておる今日、科学的管理法に基づく産業の合理化はこれから絶対必要です。皆さんも米国のテーラー・システムを深く勉強されるといい。あの国の進取の気性は尊敬に値する。これから益々《ますます》発展を遂げますぞ」

中嶋は酒が回り饒舌《じょうぜつ》になっていた。

「それにしても武藤山治君の金解禁を巡る主張の豹変《ひょうへん》振りには驚きを禁じ得ないですな」

中嶋は赤みの差した顔で少し媚《こ》びた目つきをして郷に言った。

武藤山治は鐘紡の社長を務めながら、実業界の意見を政治に反映させるとして大阪に実業同志会なる職能政党を創立し政治活動を展開していた。

不況に強い大紡績業者や貿易商をバックに、当初は熱心な金解禁論者だった。持ち前のレッセフェール論に基づき徹底した自由競争を主張し「金解禁の即行」を訴え続けていた。

しかし、嫌悪する井上が蔵相になり金解禁を主張した途端、意見を正反対に変える。

「金解禁によるデフレが不可避の中、財政は緊縮する、減税はしない、消費は節約せよというのでは、貧乏人をいじめて、金解禁即行に伴う不況の犠牲にするようなものだ」

武藤は郷ら主流派を中心とする経済界の組織化や団体の結成には一貫して反対していた。

武藤は大正十（一九二二）年に日本経済連盟会が結成された際、郷や井上（当時日銀総裁）、中嶋等十一人の発起人が有力財界人八十七名に送った参加要請を、ただひとり断りその発足に反対したのだった。

「これによって実業家が政府の保護救済を受けようとする危険がある。そして、井上日銀総裁という官吏の、しかも経済政策上失策の多い人物が実業家と行動をともにすることは百害あって一利なし……」

武藤は感情の激しい人物で、ライバルと見なす人間への憎悪は凄《すさ》まじいものがあった。特に郷誠之助と井上準之助は蛇蠍《だかつ》のごとく嫌っていた。

中嶋の武藤への言葉に郷が応じて言った。

「あの天邪鬼には困ったものだ。優等生が度を超すとあのような狷介《けんかい》な人物が出来上がる。あの男が能力をもっと広く使う術《すべ》を知っていたら、今のこの国にどれほど役立つか想像もつかんよ。君たちも気をつけろよ。いろんな意味で遊びを忘れると武藤のようになってしまう」

郷のその言葉は嫌な奴に対するというより、頑《かたく》なに心を開かない同級生に対しているような大らかな心持ちを感じさせた。

「さぁ、堅い話はこれまでだ。今日は余興を用意してある。おいっ」

郷が手をたたくと書生たちによって屛風が仕舞われ、座敷の襖《ふすま》が大きく開けられた。

そこには黒紋付きの引き着に柳の帯、白塗りの化粧に髪を中高の島田に結った、正月の正装姿の芸者が二人座っていた。

ひとりの前には三味線、もうひとりの前には太鼓が置かれている。

「あらぁ！　綺麗なお姐《ね》ぇさん！」

渋沢が戯《おど》けた声を上げ、一同爆笑となった。

吉原の老妓「おさだ」と「おとく」だった。

郷は番町会に決して芸者を呼ばなかったが、二人だけは時折招き座を持たせた。二人とも七十をとうに超えている。郷はその二人に白塗りをさせ「お化け」をやらせたのだ。

そこからは踊りとなり「奴さん」「かっぽれ」「さわぎ」などのおきまりで騒いだ。

郷は踊りながら、おさだに抱きついた。

「男爵ぅ！　ぶしゃれ（悪ふざけ）ちゃあ、嫌《や》ですよぉ」

江戸言葉が快く響いた。

お開きの前に、

「新年の門出だ。祝いの木遣《きや》りを頼む」

郷がそう二人に告げると、

「あい」と頭を下げて、『吉原木遣り』が唄《うた》われた。二人は木遣り唄の名人だった。

ヨォイヨーイ　ヤァリヤー　エィヤー

ホンヤーレテ　アーセーヨーイ

…………

お家も栄えてましんます　ヨイヨイ

大判小判もつながりたんざく　コリャ

…………

まことに目出とうそうらいて　ヨイヨイ

…………

もう遠くなった江戸の頃、火消し達が唄ったその唄を聴いていると、皆どこか懐かしく思いながらも、気持ちに張りが出来てくるように感じた。

◇

会が引けて、河合良成、永野護、岩倉具光と伊藤忠兵衛の四人が邸内に残った。

郷が伊藤に見せるという物が自分には趣味の無い骨董だと分かっていたものの、三人ともどこか気になったのだ。

書生が袱紗《ふくさ》に包まれたそれを円卓の上に置くと、郷が丁寧に開いた。

中から、柴田是真作『宝尽文・料紙箱』が現れた。箱の各所に笠、鍵、七宝文、唐団扇、丁子、宝珠、蓑《みの》、分銅、巻尺の意匠が鏤められた「宝尽し」のその箱が目の前に現れた時、趣味のない者達も息を呑んだ。

「パンドラの箱とはこういうものだったのではないでしょうか？」

岩倉具光が細い声で言った。

「面白いことを言うなぁ……岩倉は」

郷は目を細め、ご機嫌だった。

青銅塗りのその箱は同じ塗りを施された円卓の上で、何かを待っているように蒼くじっとしていた。皆も黙って見つめていた。

四人が郷邸の玄関を出て各々のクルマまで歩く間に永野が河合に話しかけてきた。

「誰もニューヨークの株の話をしませんでしたね。十月の高値から半値になろうかという瓦落《ガラ》なのに……」

前年、昭和四（一九二九）年十月二十四日、『暗黒の木曜日』と呼ばれるその日に、ニューヨーク株式市場は大暴落し、その後も下落を続けていた。

「若い国だから相場も激しいんだよ。皆そう思っているんだろう。大丈夫だよ。中嶋男爵もおっしゃってたじゃないか。今度のリセッションもそう長くないよ。今来月あたりが買い場じゃないか」

「そうだといいですが、米国で相場の瓦落が続く中での金解禁……そのタイミングの悪さは正直気になります」

河合はそう言う永野を見ながら、まだ少し呑みたいように感じた。

「どうする？　もう帰るかい。それとも倶楽部《クラブ》のラウンジに寄って呑んでいくかい？」

「いえ。今日は失礼します。為替も気になりますし、取引所に少し顔を出します」

そう言って頭を下げると永野は足早にクルマに向かった。

河合はその後ろ姿を見送って、雲の切れ間からゆっくりと出てきた夕日が染める空を見上げた。

「震災より復興遂げし、帝都の空か……」

関東大震災から七年、春には帝都復興祭が大々的に開催される。震災復興という言葉もこれを区切りに聞き納めになるだろうなと河合は思った。震災前には江戸の名残があった東京は大きくその姿を変えていた。

変貌の象徴は盛り場だった。

銀座の柳並木はプラタナスに変わり、河合が好んだ情緒ある街並みは一気にモダンなものになった。断髪やパーマ姿のモガが闊歩し、建ち並ぶカフェーの前でエプロン姿の女給にモボが声をかけて歩く姿はまるで外国映画の光景のように思われた。

『東京行進曲』が流れ、ダンスホールでは大勢の踊り子たちが艶《なま》めかしく客を待っていた。

河合も時おり訪れては二、三曲を楽しんだ。

浅草六区はバラックから煉瓦《れんが》造りの劇場街へと変貌し、レヴューや映画に大勢の人たちが連日押し寄せ、「エロ・グロ・ナンセンス」と持て囃《はや》された。家族を連れて出かける度、その繁華さが増すのに河合は違和感を覚えた。社会全体の様相とは対照的だったからだ。

震災後、鈴木商店の破綻が引き金となった金融恐慌で多くの銀行や企業が倒産し失業者は増大していた。失業者対策として警視庁が臨時露店を許可したために露店が東京中にむさ苦しく溢《あふ》れていた。

学生は就職難に苦しみマルキシズムに憧《あこが》れる学生がモボ・モガと同じくらい生まれた。週に一度、河合が教鞭をとる帝大の学生たちも同様でその対応に大学側は苦慮していた。

河合は、岩倉の言葉を思い出した。

「パンドラの箱とはこういうものだったのでは……」

その言葉がずっと気になった。

昭和に入ってからの、この国の変化の数々がパンドラの箱が開いたような目まぐるしさに思えるからだ。

河合の耳に木遣り唄が聞こえた。それが空耳だと気づくと笑った。

「天一坊がいた時代の方が良かったかもしれんな」

河合は、黒縮緬《ちりめん》に白足袋姿でさっそうとしていた天一坊と、それが似合った大正という時代を、懐かしく想っていた。

昭和というパンドラの箱から、災いはその後も飛び出し続けた。

三月の帝都復興祭の後、不況色は一気に濃くなっていった。米国発の世界恐慌の波に金融恐慌から病み上がりの日本が呑み込まれたのだ。金解禁によるデフレ圧力が景気の悪化を加速させていた。

「金輸出解禁を決行するも、財界に憂慮すべき影響をもたらすが如きことはないと確信している」

浜口雄幸《はまぐちおさち》首相の演説が虚《うつ》ろに響いた。

昭和恐慌が始まったのだ。

合理化の名の下に操業短縮や大量の首切りが行われて失業者は街に溢れ、労働争議が頻発した。鐘紡など優良企業でも大規模争議が起こり、財閥や財界を不安に陥れていった。大卒者の就職難は深刻さを増し、公務員の競争率は十倍、大企業は半数以上が新入社員の採用を見送っていた。

大失業時代の到来だった。

「またか……」

河合を含め番町会の面々の元には連日、就職の口添えを依頼する親類縁者、知人らの訪問や手紙が相次ぎ、皆閉口していた。

農村はさらに悲惨な状況だった。生糸価格の暴落と米の豊作貧乏から農業恐慌となっていたからだ。慢性的な農産物価格の下落に苦しんでいたところへ追い打ちがかかり、東北の農村では娘の身売りや欠食児童という栄養不足に陥った子供たちのことが深刻な問題になっていた。

秋には浜口雄幸首相がテロによって狙撃《そげき》され、世相の悪化と共に景気は一層冷え込んだ。物は売れず、誰もカネを使わない。

タクシーは干上がり、円タクは半額の五十銭に値下げするが客は戻らない。高級品販売を誇りとしていた百貨店は売上の激減から米国の「セール」を真似《まね》て「十銭均一」での販売を実施して息をつく始末だった。

明けて昭和六（一九三一）年、二月にはロンドン軍縮条約を巡り国会で大乱闘が起こり、そして九月、満州事変が勃発《ぼっぱつ》する。

時代は大きな黒い渦に巻き込まれていった。

昭和七（一九三二）年になると、経済界を震撼《しんかん》させるテロが続発した。

二月に井上準之助、三月には三井の代表、團琢磨が血盟団員に狙撃され死亡したのだ。郷をはじめ番町会会員も慄然《りつぜん》たる思いに苛《さいな》まれ、特に井上の死はその側近といえる伊藤忠兵衛に大きな衝撃を与えた。

「嘘だろ……井上さんが、あの方が……。日本は宝を失ったぞ」

長引く不況の元凶は財閥や財界、それらと結託する経済閣僚だとする新聞や一部議員の論調に世の中が同調を見せた結果だった。

経済はマクロで見れば正しいこともミクロでは理解されないことが多い。特に経済知識の乏しい大衆は理解しようとはしない。

金再輸出禁止の動きに対して、財閥系銀行が為替損を回避するために行った円売りドル買いを売国奴の行為と糾弾する動きが新聞を賑わせ、それが三井の総帥、團琢磨の暗殺に繋がっていた。

そして、五月十五日。

海軍将校が陸軍士官学校の生徒と協力して首相官邸や内大臣官邸、立憲政友会本部、日本銀行、三菱銀行、警視庁などを襲撃、犬養毅《いぬかいつよし》首相を射殺した。

政友会も民政党も、政治家たちはその事態に混乱を極め組閣が出来ない。十日間も総理大臣が不在となり政治は機能不全に陥った。

五・一五事件で、明治以来続いた政党政治は国民の信頼を完全に失い事実上消滅する。血生臭い事件の連続で荒《すさ》んでいく世相の中、不安と閉塞《へいそく》が国民の間に蔓延《まんえん》していった。

ただ、そんな世の中でも貪欲《どんよく》に金儲けを企む者がいた。

その男は世間で起きていることなど全く目に入らないように、一攫千金《いっかくせんきん》を狙い、滑稽《こっけい》なまでに動き回っていた。

4　ジョーカー

ＳＣＵＢの特別室でＳＺＫのノートの内容にアクセスを続け、裁判資料や事件関係者の著作などから私はノートの作者にある程度の目星をつけた。

ノートには多くの登場人物が登場する。河合良成、永野護、郷誠之助……。その中に、作者がとりわけ強いシンパシーを寄せている、少なくとも寄せているように思える人物がいた。

その人物こそが作者ではないか？

「私は帝人という会社が可愛《かわい》い。自分の子供のように思っている。その帝人の株を賄賂に使うなど言語道断だ。この取引から私は降ろさせてもらう。あんたがた番町会は本当に恐ろしい集まりだ」

そう言って部屋を出ていく福原憲一《ふくはらけんいち》に対して、

「清廉潔白もいいですが、それではこんな時代は生きていけないですよ。我々は我々のやり方でやります」

そう言う番町会のメンバーがいた。それを聞いた福原は蒼白《そうはく》になって出て行った。

この後、賄賂の分配先が番町会で決定されていった。政治家……大蔵官僚……台湾銀行役員……。

この記述を読んで私は福原憲一に興味を持ち、その筆跡を確認するために東京商工会議所の資料室を訪ねた。記録によると、福原はかつてここの会頭を務めていた。当時の議事録への署名を見ると、ノートの筆跡と酷似している。

私はさらに福原の足跡を追うことにした。

青森空港からタクシーに乗り四十分ほどで弘前市内に入った。弘前城のある公園が見えたかと思うと商工会議所に着いた。

私は連絡しておいた担当者と面会し、福原に関連した資料を見せてもらった。

福原は地元出身の大実業家として、商工会議所の後押しで伝記まで発刊される存在だった。

「不運の大実業家、それが我々の福原憲一氏に対する評価です」

青森出身で東京商工会議所の会頭まで務めた経済人は他にいない。

「昭和三年に福原氏が書いた履歴書が残っています」

それを閲覧させてもらった。

間違いない。その筆跡と細かく書き込む癖はノートのそれと同じだ。

私はその後、用意してもらった福原関連の資料に目を通した。

「複雑な人物だな」

福原憲一の経済人としての人生は明暗のモザイクで構成されている。

その日は市内のホテルに泊まり、翌日、福原の甥《おい》の長男に当たる人物を訪ねることにした。福原の縁戚の存在は商工会議所で確認出来た。

市内で文房具店を営む明石栄蔵氏がその人だった。憲一は明石家に生まれたが、五歳の時に親戚筋に当たる福原家に養子に出されている。

明石文具店は東京では見かけることが少なくなった街の文房具屋で、薄暗い店の奥には、何十年も前の三菱鉛筆『ユニ』の宣伝用の大きな鉛筆がまだ飾ってあった。私は店の雰囲気と文具店特有の匂《にお》いに懐かしさを覚えた。

前日に商工会議所から連絡を入れてもらっていたので、店主の明石氏は福原に関してあるだけの写真や手紙などを用意してくれていた。

店舗の奥の応接間でそれを見せてもらいながら明石氏から福原についての話を聞いた。

「私自身は、子供の頃に一度か二度会った記憶しかないのですが、父は叔父の福原に可愛がられて好意と敬意を終世持っておりました。不幸な事件に巻き込まれなければ福原財閥が出来ていた筈《はず》だと子供の頃から父に繰り返し聞かされました」

福原の写真は、弘前に戻った時の地元名士たちとの宴席での姿が多かった。私は多くの手紙や葉書の中から変わったものを発見した。私にも見覚えがある建物の写真が印刷された絵葉書だった。スイス、ローザンヌの最高級ホテル、ボー・リヴァージュ・パレスのものだ。

昭和三年三月の日付があり、福原がジュネーブで開催されたＩＬＯ総会に出席した際に宿泊し、甥宛に書き送ったものだ。

細かく書かれた文面には財界の名士としての自信が満ち溢《あふ》れていた。

ＳＺＫのノートを埋め尽くす疑獄事件、妖気漂う暗い内容とは正反対の、明るく溌剌《はつらつ》とした経済人の姿がそこにあった。

◇

〈この男、会う度に人相が悪くなるな〉

丸の内にある日本工業倶楽部会館、その二階にあるグリルで、郷誠之助は福原憲一と差し向かいで昼食をとっていた。

昭和七（一九三二）年、秋のことだ。

郷が設立に尽力し専務理事を務める日本工業倶楽部の総本山は、大正九年に竣工した煉《れん》瓦《が》造り六階建ての壮麗な建物だった。正面の屋上には彫刻家、小倉右一郎《おぐらういちろう》の制作した坑夫と織姫が対となったコンクリートの立像が飾られている。坑夫はハンマーを、織姫は糸捲《いとま》きを持ち、日本の産業発展を石炭と紡績で象徴させていた。

郷は福原とは旧知の仲だった。

嫌いな男ではない。力も認めている。かつて自分が見放した会社が福原の力で蘇《よみがえ》ったこともあった。

だが、昔から何かが足りない。大義ではなく野心、統率力や遂行力ではなく口八丁手八丁……それが福原だった。清廉さが欠けている。財界では政治好きで寝業に長《た》け、敵に回すと厄介な奴、という評で通っている。

ただ脇の甘いところがあり、叙勲に贈賄の絡んだ売勲事件に連座して裁判中だった。その辺りが可愛い、と郷は思っていた。人物の底が透けて見える分、憎めない。せっかちな男で、短兵急に人や物を動かす。それが吉と出る場合もある。郷は日本経済にはそんな人物も大事だと考えていた。だからこれまで、その男から頼まれたことを断ったことはなかった。

今日も「男爵に、たっての願いがございまして」という言葉に応じての会見だった。

郷が会長を務める東京電燈本社ビルに福原が時分時《じぶんどき》に訪ねてきたので、取り敢《あ》えず食事をと、郷が工業倶楽部会館のグリルに誘ったのだ。

郷はランチ・コースのメインにビーフ・シチューを選び、福原は海老フライを選んだ。

二人とも結城紬《ゆうきつむぎ》の着物と羽織姿だ。

赤ワインで乾杯をしてから食事に入った。

「関東大震災でこの会館もかなり被害を受けましたが、全く元通りになりましたですな」

出されたポタージュ・スープを美味《うま》そうに飲みながら福原は言った。津軽訛《なま》りがある。

「あぁ、ただ震災は日本の運命を変えた。今の昭和恐慌の出発点も震災だ。僕は三途の川を渡りかけたし、君も色々と大変だった。そうだろう？」

健啖《けんたん》な郷はそう言うと、ロールパンを半分に千切り、スープにたっぷりと浸してから口に入れた。

「手がけていた事業も私の人生もあそこで一変しました。ですが、男爵のお力添えでその後に商工会議所の会頭になれましたし、今は男爵に立派に引き継いで頂いた。感謝の言葉もございません」

郷はその言葉を少し苦い思いで聞いた。福原の言葉には含みがあった。

福原憲一は旧津軽藩士の二男に生まれ、来年還暦になる年齢で、郷誠之助より七つ若い。

地元の中学を出て青森県庁に二年勤めた後上京し、明治法律学校を卒業すると栃木県や大蔵省専売局で働き、明治三十五（一九〇二）年、二十九歳の時に煙草《タバコ》会社の岩谷商会に支配人として入った。

福原の運命はそこから大きく開けた。

当時、政府は外国の煙草会社と国産煙草会社とを盛んに競争させ、敗れた国産会社を安く買収していく産業戦略を展開していた。英米の会社はトラストを実践して事業基盤が強い。自《おの》ずと国産会社は脱落していった。

しかし、福原憲一は岩谷商会を会社組織に変えて近代化を図り、自らセールスマンとなって東京中を走り回り、自社の『天狗《てんぐ》タバコ』を大人気商品にした。店を銀座の二丁目に出して壁を真っ赤に塗り、自ら赤の洋服を着て赤い馬車に乗ってセールスに出た。その宣伝効果は抜群だった。

その後、煙草は専売制になり岩谷商会の煙草事業は巨大な金額で政府に買収された。福原はその功績で岩谷の社長となり新たな事業を引っ張っていった。

そして、さらにその運命を飛躍させる出来事が明治四十二（一九〇九）年に訪れる。

名古屋の地方財閥として貿易商や銀行を営んでいた小栗商店が破産し、その整理を依頼されたのだ。小栗の整理には、神戸の鈴木商店の総帥、金子直吉らが三年にわたり携わったが、埒《らち》が明かなかった。

福原は破綻《はたん》の原因となった小栗系の東洋製塩の常務に就任すると一気に事業の統廃合を

行って立て直した。その手腕に驚いた金子直吉は福原を参謀のひとりとして迎え、東京方面でのビジネスの助言と支援を求めた。

やがて福原は、社員ではなかったが、「鈴木商店、東京の番頭」と呼ばれるようになる。福原は、金子直吉を通して後藤新平と知り合い、その薫陶を受けるようにもなった。

鈴木商店は金子の指導の下で急速な成長を遂げていく。日本一の商社になると共に、神戸製鋼、日本金属、帝国人絹、帝国麦酒、帝国汽船、日本セメント、旭石油など有力企業を傘下に持つ新興財閥となり、その資本金総額は五億円を超えていた。

福原はそんな関連会社のうち日本冶金や旭石油、信越電力などの取締役を務めた。

その鈴木商店のメインバンクが、日本の国策銀行であった台湾銀行だった。

鈴木商店の借り入れの八割は台湾銀行から、台湾銀行の長期貸付の八割は鈴木商店向け……二つで一つ、完全な運命共同体となって共に成長を遂げていった。

しかし、大正七（一九一八）年十一月の世界大戦終結による輸送量の減速で主要事業である海運から陰りを見せ始めた。そして、大正九（一九二〇）年からの戦後恐慌によって大打撃を受けてしまう。

組織を縮小改変し事業の再構築を図ったが、大正十二（一九二三）年の関東大震災で万事休すとなる。

その際、金子直吉が政治力を利用して台湾銀行から巨額融資の引き出しに成功し、何とか息を継いだが、経営の悪化は止まらなかった。最後は台湾銀行から取引停止を宣告され、昭和二（一九二七）年四月に倒産する。

「鈴木商店も震災がなければ、また力を盛り返していたかもしれない。その意味でも震災は色々なものの運命を変えたな」

郷のその言葉には、かつて鈴木商店という大きな後ろ盾によって東京の財界で勢力を誇っていた福原に対しての同情が含まれていた。今の福原からは大正時代の輝きは失せている。鈴木商店と運命を共にしていた部分が大きすぎたのだ。

郷は運ばれてきたビーフ・シチューにナイフを入れ、口に運んだ。デミグラス・ソースでじっくりと煮込まれ、フレッシュ・クリームで彩りが添えられている。工業倶楽部・グリル自慢の逸品は、今日も美味かった。

郷は総入歯となってから肉料理は柔らかいものを好むようになった。食道楽の郷は厨房《ちゆうぼう》に注文をつけてメニューを自分好みに変えさせていた。

「それにしても、ここの食事は素晴らしいですな、こんな立派なグリルを会館に持つこと自体、商工会議所との出自の違い、格の違いを感じます」

福原は有頭の車海老のフライにレモンを絞り、タルタル・ソースを載せながら、薄い唇に笑みを浮かべ、上目遣いに郷を見た。

郷は福原の顔を見ずにウエイターを呼び、福原のために白ワインを注文してやった。シ

ヤブリが運ばれてきて福原のワイングラスに注がれると、

「とにかく、今は大同団結の時期だ。経済界が一枚岩とならないとこの恐慌は乗りきれん。そうだろう」

と大きな目で福原を見据えた。

この時、郷は日本工業倶楽部の専務理事であり、かつ東京商工会議所の会頭だった。その前任の会頭が福原憲一だったのだ。

これには複雑な事情がある。

当時、日本を代表する経済団体として、東京商工会議所と日本工業倶楽部の二つがあった。

ただ、この二つには対立の歴史が続いた。

東京商工会議所の方が歴史は古く政府の諮問《しもん》も受けた公の機関ではあったが、会員は中小企業が多く質も高いとは言えなかった。運営面での縄張り争いが横行し、経済団体としての役割を十分果たしてはいなかった。

対して日本工業倶楽部は財界の中心人物である和田豊治や井上準之助、郷誠之助が設立に尽力したことで、実業界を真に代表する力のある纏《まと》まった団体となった。

その結果、中小企業と大企業との溝は互いの団体を通して深くなっていく。

そんな中、大正十四（一九二五）年の東京商工会議所の会頭選挙で内紛が勃発《ぼっぱつ》した。

現職会頭の追い落としが画策され、それを指導したのが福原憲一だった。福原は奇策を思いつく。対立する日本工業倶楽部を代表する郷誠之助を担ぎ出し、東京商工会議所の会頭選挙に立候補させたのだ。その結果、僅差《きんさ》で郷が勝ち、現職会頭は退くことになった。ただ、郷は会頭の地位を別の人間に譲り、その人間から半年後に禅譲される形で福原が会頭になった。

福原はそれから四年の任期を務めた。

郷とすれば、経済界がいつまでも大企業と中小企業に分かれて対立を続けては、日本経済に悪影響を及ぼすという認識があった。敢《あ》えて会頭選挙に自分が関わることで影響力を用い、これまでの対立を解消しようとしたのだ。

そして、福原の後に自分が会頭に就任する。昭和五（一九三〇）年のことだった。昭和恐慌に対して経済界を早く統合させ一枚岩にする目的があったからだ。

福原はもっと長く会頭を務めたかったが、鈴木商店倒産以来の威光の低下は著しく、福原の続投を推す者はいなかった。

東京商工会議所は完全に郷の手中に収められた。郷が会頭、副会頭には番町会の中野金次郎が就き、同じく番町会の河合良成、永野護、金子喜代太が会の幹部として入った。財界では「番町会が経済団体を全て支配した」と囁《ささや》かれた。

福原は悔しかった。が、力の差を認めなければ生きていけない。そう思うしかなかった。

郷もそんな福原を気の毒には思っていた。

「それで、頼みとは何だね？」

食事が済みナプキンで口元を拭《ぬぐ》いながら、郷誠之助は福原憲一に訊《たず》ねた。

「ここでは、ちょっと……」

グリルにはあと二組客がいた。福原はちらりとそちらに目をやって言った。

「分かった。じゃあ三階に席を移そう」

郷は専務理事として来賓室を自由に使うことが出来た。

何もかもが豪華な造りの会館の中でも来賓室は特別だった。

大理石のマントルピースがあり、装飾で縁どられた大きな鏡が設《しつら》えられている。宮城側に面した二つの対の窓には、ウィリアム・モリスのデザインによる英国製の緞帳《どんちょう》が絹のカーテンタッセルで纏められ優雅さを醸し出していた。天井や壁にはロココ調のランプを模した照明が設えられ、上品な明るさを灯《とも》していた。

郷はソファに座るとハバナ産の葉巻に火を点けた。福原も煙草を取り出し紫煙をひと筋くゆらせた。

「お願いと申しますのは、先ほども出ました鈴木商店縁《ゆかり》のことです」

福原は火を点けたばかりの煙草をバカラ製の大きな灰皿で揉《も》み消すと話を始めた。

福原は鈴木商店の子会社だった帝国人造絹糸会社の経営に入り、もう一度世に出たいのだと郷に強い調子で語った。

人造絹糸《レーヨン》は不況知らずの成長商品だった。高級な絹を代替し様々な繊維製品に使用される。その代表企業となっていたのが、かつての鈴木商店の子会社、帝国人絹、帝人だった。福原は、鈴木商店の人間であった自分は帝人への思い入れが強く、是非とも経営に参画して実業界に返り咲きたい。そのために是が非でも帝人株を手に入れたいという。

帝人株は数奇な運命を辿《たど》った株だった。

鈴木商店は経営が悪化した時に、保有する子会社株の大半を担保として台湾銀行に預けた。その中には帝人株も含まれていた。

鈴木商店の倒産で台湾銀行は経営危機に陥る。日本銀行からの特別融資によって破綻は免れたが、保有している帝人株は日銀に特融の担保として押さえられた。

そうして、帝人の大株主となった台湾銀行は、経営責任から役員等を帝人に派遣し、その経営に影響を与えていった。ただそれは銀行本来の業務からは外れている。

台湾銀行にとって日銀特融の早期返済は経営の至上命題であり続け、担保として日銀に入れてある帝人株を売却し、返済資金に充当することが十分考えられた。

福原はその帝人株を手に入れて株主となった上で、帝人の経営に参画したいのだという。

「いいじゃないか！　君が帝人の社長になれば誰もが納得する。大いにやりたまえ。僕も応援する。それで、資金は幾らあるのだい？」

郷は福原の話を聞いて、当然充分な取得資金を用意しているものと思った。

「いや……それがまだ、そこで男爵にご相談にあがった次第でございまして……」

福原の歯切れが悪い。

〈何だ、こいつ。カネがないのか〉

郷は呆《あき》れた。郷はその年、日銀の参与になっていた。福原の話から、てっきりカネを用意したから日銀に担保株の売却の口利きをしてほしいと頼まれるものだと思ったのだ。だが、肝心のカネの用意がまだだと言う。それでは日銀に話を持っていけない。

〈やはりこの男、脇が甘いな〉

心の裡《うち》で思いながらも、今の福原の立場ではカネを集める力はないかと同情心も湧《わ》いた。

「では、どうしたいのだ?」

郷が訊ねると、必ず大口の買い手を探してくるから、その前に日銀に話をして、帝人株を自分のために押さえておいてもらいたいと言う。

「えっ? 君が帝人の大株主になるのではないのか?」

そう問い詰めると、一旦は自分が買うが安定株主となる人物か会社に転売する。株の仲介の功績と引き換えに自分は帝人に取締役として迎えてもらうつもりだという。株を押さえてもらうために総額の一割程度の内金は何とかして準備すると語った。

〈その程度のカネで日銀を動かせると思っているのか?……貧すれば鈍す、とはこのこと

だな〉

郷は福原の虫の良さに呆れる思いがした。

ただ単に自分が帝人株売買を仲介して利益をせしめ、仲介した立場を利用して帝人の役員になろうと言うのだから、開いた口が塞《ふさ》がらない。

「それはいくら君が鈴木商店と深い関わりを持っていると言っても通らんぞ」

郷は苦い顔をして言った。

福原はそこで、あれを言ってしまおうかと迷った。が、それは切り札として取っておき敢《あ》えてここは馬鹿になろうと頭を下げた。

「そこを何とか！　男爵のお力で私をもう一度男にして頂けませんか！」

今にも土下座をしそうな勢いで福原は言う。

そんな福原を見て郷は哀れに思った。

「この話は、誰か他にもしたのかね？」

福原はきっとした眼差《まなざ》しで郷を見据えた。

「このような大事な話、郷男爵を差し置いて、する筈がございません！」

嘘《うそ》だった。

福原は「帝人株で儲《もう》かる！」と売買仲介のアイデアを思いついて以来、様々な人間の間を動き回っていた。

元々政治好きの福原は、ここは政治家を動かそうとまず考えた。

その年の二月、犬養内閣の書記官長だった森恪《もりつとむ》を首相官邸に訪れて、帝人株取得と経営参画の斡旋《あっせん》を恫喝《どうかつ》気味に依頼した。

森は三井物産の出身で三井の意向を政治に反映させるために政治家になった人物だった。三井物産時代、鈴木商店東京代表の福原とは表面上は親しくしていた。しかし、鈴木商店の息の根を止めたのは三井で、森はその止《とど》めを刺した張本人だった。

三井はずっと鈴木商店の躍進ぶりを苦々しく思い続け、事あればその存在を葬りたいと考えていた。

それは、鈴木商店が万事休すとなった時だった。台湾銀行の鈴木商店への追加融資を断つ意図を持って、三井銀行は台湾銀行に置いていた三千万円のコール資金を一気に引き揚げたのだ。これで台湾銀行の資金繰りは窒息させられてしまった。その窮状を受けた形で台湾銀行救済法案が議会に出されると、森が活動して否決させた。台湾銀行による鈴木商店への更なる融資はそれで不可能となり、鈴木商店は倒産した。

福原は森を責め、鈴木商店供養のためにも、自分の帝人株取得に向けて尽力しろと迫った。

森は、無下に断って福原を怒らせるのは厄介だと思い、

「分かりました。総理にも話し、大蔵大臣を通じて日銀に話をするようにしましょう。た

だ、こんな時期ですから、すぐに良い御返事が出来るか保証はしかねますよ」

そう言ってその場では協力の姿勢を見せた。だが、五・一五事件で雲散霧消してしまう。

次に福原は懇意にしていた政界の長老、枢密顧問官の伯爵、伊藤巳代治《いとうみよじ》に斡旋を依頼するが、こちらも思うように進まなかった。

そこで福原は政治家ルートを諦《あきら》め、経済界の方から攻めることを考える。

〈やはりまずカネだ。そのカネをどこからどう引っ張るか。虎穴《こけつ》に入らずんば虎児を得ず。財界を支配する番町会の首領の懐に一か八か飛び込み、あの連中を利用してひと儲けだ〉

それが郷を訪れた本心だった。

「何卒《なにとぞ》、郷男爵のお力を……」

そう言って頭を下げ続ける福原に、にべもないことも出来ないなと郷は思った。

「分かった。何とかしてやろう。株の話だったらちょうどいい、ウチの若い者に株屋がいる。そいつに話をしておくから、その男と協力してまず買い手を見つけたまえ。でも、あまり欲をかくんじゃないぞ」

郷がそう言うと、

「男爵のお言葉、誠にもって恐悦至極！　この福原憲一、男爵に恥をかかせるようなことは一切致しません！　何卒なにとぞ、宜《よろ》しくお願い申し上げますぅ」

芝居がかった調子で福原は言った。

〈この男の顔、以前は狸《たぬき》のようで愛嬌《あいきょう》があったが、今は狐《きつね》のような人相だな〉

郷は先日、観世会館でみた狂言『釣狐』を思い出していた。

◇

日本工業倶楽部会館の四階には撞球室《ビリヤード》があった。永野護は郷誠之助とビリヤードに興じていた。六十七歳になる郷に、四十二歳の永野は、赤子のように捻《ひね》られていた。若き日にドイツで仕込んだ郷の腕前は、その年齢でも日本の十指に入るものだった。

ゲームが終わると、室内に設えられているバー・カウンターで二人はスコッチのソーダ割りを呑んだ。ゲームに集中した心地よい疲労の後ですこぶる美味い。

永野護は前年の昭和六（一九三一）年に証券会社、山叶《やまかのう》商会の専務取締役になっていた。相談役に郷の懐刀の中嶋久万吉もいることで、「番町会が株屋を持った」と世間では言われたが、山叶商会は健全経営の近代的な証券会社を目指していた。会社としての投機は一切やらず、顧客からの売買手数料だけの営業を第一とし、政党や派閥には関係しないことを社是としていた。

永野の証券会社入りは井上準之助の意向によるものだった。井上は日銀総裁時代から、日本の経済発展には証券業界の近代化と質の向上が是非とも必要と考え、優秀で力のある経済人を証券業界に送り込むことを目論《もくろ》んでいた。

そこで、白羽の矢を立てられたのが番町会の永野護だった。長く株式取引所の理事長を務め、井上と同じ考えを持っていた郷誠之助が、これに賛同して動いた。

永野はそれまで十年務めた東京米穀取引所の職を辞して山叶商会入りすると、近代化を目指した社内改革を実行していくと共に、多くの著名な財界人を顧客にしていった。

スコッチ・ソーダを呑みながら永野は郷の話を聞いていた。

「福原さんですか。何度か会ったことはあります。色々と話題の多い人ですよね」

郷の口から福原の名前が出ると永野は少し顔を曇らせた。

「鈴木商店があぁなって、気の毒な面もある。まぁでも、ああいう男も使いようだ。力になってやってくれんか？　単純な株の買い取りの話だから、番町会にかけることもないと思って君だけに話すんだ。頼まれてくれ」

郷誠之助からの頼みを断るわけにはいかない。永野は気が進まなかったが、帝人という成長企業の名前と、郷が言った「使いよう」という言葉が心に触れた。了解の返事をすると、郷は早速福原に連絡を取った。

後日、福原は日本橋区江戸橋にある山叶商会に永野を訪れた。

福原は、帝人や鈴木商店を巡る自分の力を永野に誇示し、是非とも帝人株取得に尽力するよう力説していった。

永野と会った翌週、福原は郷と永野を、日枝神社付属の麴町《こうじまち》公園内にある料亭、星岡《ほしがおか》茶寮《さりょう》に招待した。

その料亭はかつて福原の持ち物だった。

大正十四（一九二五）年からは、北大路《きたおおじ》魯《ろ》山人《さんじん》と中村竹四郎《なかむらたけしろう》の二人が運営し、食通の間で高名な店となっていた。

元々明治時代から続いた古い料亭で、取り壊されるところを福原が購入して手を入れて住まいとして使い、関東大震災の時はここで被災していた。

震災の後、建物が傷んだまま放置されているのを件《くだん》の二人が見つけ、福原から借り受けて改修を行い料亭の経営に乗り出したのだ。

福原はその後手放していたが、永野を紹介してもらった返礼として、そこで宴席を設けることにした。つい先日、山椒魚《さんしょううお》の試食会が行われて話題となっていた。

永野は奇妙な感覚に捕われていた。

星岡茶寮のことだ。永野は初めてそこを訪れたのだった。

建物の中は何から何まで綺麗《きれい》に磨きあげられ、塵《ちり》一つない。玄関も廊下も座敷の中から手洗いに至るまで、清潔の極みだ。

そして、出される料理がそれまで親しんできた料理屋の料理とは全く違っていた。

まず、このわたが入った猪口《ちょこ》が永野の前に置かれた。それを肴《さかな》に酒を呑むうちに食欲が掻《か》き立てられてくる。

前菜は、鯛《たい》の皮の胡麻《ごま》酢和えや、三つ葉を油揚げで巻いたもの、そしてくわいの煎餅《せんべい》など、それまで口にしたことがないものばかりだった。

永野は食というものの奥深さを感じていた。番町会の郷の屋敷で出される料理の素晴らしさとはまた違うものを星岡茶寮の前菜から教わるようだった。捨てられる素材、脇役でしかない食材が持つ味の魅力、それを発見して客に供しているようなのだ。

刺身は鮪《まぐろ》と鯉《こい》の洗いの紅白で、鮪の切り落としの部分が海苔《のり》で細く巻かれ添えられている。材料を無駄にしないことで創造された味わいが美味を引き立てる。

そして、器が良い。どれも自己主張せず料理が映える。しかし、じっくりと観ると質の高さが際立っている。

料理は五感を通じて味わうものだが、ここの料理はその上に哲学も味わいにしているな、と永野は思った。

椀《わん》は牡蠣《かき》を擂《す》ったものが白味噌《みそ》で仕立てられて出された。牡蠣の風味が海の中のままの新鮮さで口の中へ広がるようだった。向付《むこうづけ》は平目の納豆巻きや貝柱、焼物では、天魚《あまご》や海老《えび》で舌鼓を打った。

その後、ほんの小振りな丼が出された。焼いた鱧《はも》の皮を御飯と混ぜたもので、松茸《まつたけ》が添えてある。箸《はし》休めなのだが、またそれが気が利いていて美味いのだ。

炊き合わせには、堀川牛蒡《ごぼう》や湯葉、近江蕪《かぶ》の風呂吹や雁擬《がんもどき》が絶妙の取り合わせで味わいを見せる。止め椀は、鶫《つぐみ》の肉をつくねにして栗と一緒に蒸したものに細根や榎茸《えのきだけ》が入れられていた。そこへふっくらと炊き上げられツヤツヤと光る御飯が香の物と一緒に出てくる。野趣を感じさせる鶫肉が御飯に何とも合い、大きな満足感を持って食事を終えられるようになっていた。デザートの水菓子は果物のカクテルで、メロンやパパイヤ、マスカットの中に釆《さい》の目に切られた羊羹《ようかん》が混ぜられ、上にクリームが掛かった和洋折衷で、驚きを持った逸品だった。

「やはり、ここの料理は面白いな」

郷誠之助一流の賛辞だった。満足そうに葉巻をふかしている。

「私は料理のことはよく分かりませんが、世間では随分評判のようです。ただ、この恐慌で大きく客足は落ちて経営は苦しいようです。私はもう手放してしまったので関係はないですが」

福原憲一が煙草をくゆらせながら応えた。

そんな福原を見ながら、永野護は星岡茶寮が提供する清潔な空間や素晴らしい料理と福原は正反対だと思っていた。

食事の間中、福原はひとりで喋《しゃべ》り続けた。自慢話と他人の悪口ばかりだ。

自分の参謀としての力があってこそ実現した鈴木商店の成長、その鈴木商店を財閥の陰謀で潰《つぶ》され、煮え湯を呑まされた不運……我田引水の自慢と逆恨みのオンパレードだった。

そして、鈴木商店のものは全て自分のものと、帝人株の買い取りの正当性を言い立て、財界が自分に手を貸すのは当然だという口ぶりなのだ。

永野に対しても、自分の部下であるかのような偉そうな態度で接してくる。

郷はそんな福原が眼にも耳にも入らないかのように黙って料理を味わっていたが、永野はそうはいかず、ずっと福原の相手をした。

「あの男も使いようだ」

そう言った郷の真意が、難しい相手を上手《うま》く使う度量を身につけろということだと考え、福原の話に真摯《しんし》に応対していたのだ。それにしても、煩わしい人だなと永野は思った。

帝人株の買い取りに関して、その後永野は何度も福原とやり取りをしていったが、肝心のところで前進していかない。

大量の帝人株を買い取る資金の出し手を見つけられないのだ。

「とにかく、帝人株は安定大株主になってくれる人物に買ってもらわないといけない。有象無象の株主に煩わされず、経営陣が長期的な成長を実践出来るようにしないと駄目だ」

福原は自分が役員として帝人に入る意向を実現してくれる相手を最優先で考えていた。

だが、恐慌下の経済界にあって、巨額な資金を出せる存在を見つけることすら容易ではない。

「福原さん、どうでしょう？ 我々の仲間の人脈も使って大株主候補を探しませんか？ その方が効率は良いですよ」

そう言う永野に対して福原は難色を示した。

「この話は内々に進めたいのだ。君も株屋だから分かるだろう。株の買い取りの話が漏れれば株価は跳ね上がり、買えるものも買えなくなる。僕と君の二人で進めようじゃないか」

そうして、永野は山叶商会の大手顧客に内々の形で当たっていった。北海道の資産家や東京の実業家、大阪の綿花商などに話をしたが、良い返事は得られなかった。

◇

その後、進展を見せない中で、永野護は番町会の力を使わないとこのディールは難しいなと強く感じるようになった。

そして再び、福原に番町会のネットワークを使うことを進言する。まずは番町会会員で読売新聞社長の正力松太郎だった。

「なんで正力君なのかね？」

福原は正力とは旧知の仲だった。二人とも後藤新平に師事した兄弟弟子のような間柄だ。

「正力君は、今では大蔵省や日銀に深く入り込んでいて顔が利きます。それに、財界人や資本家の知り合いも多い。如何《いかが》です？」

大蔵、日銀の言葉を聞いて福原は「正力のことを忘れていた」と心の裡で臍《ほぞ》を噛《か》んだ。そして、思いついたように言った。

「そうか！　そうだな。では、正力君に頼んでみよう。いや、僕は彼とは昵懇《じっこん》だ。ひとりで話にいくから大丈夫だ」

永野はそんな福原の態度を訝《いぶか》ったが、好きにさせた。

翌日、福原憲一は読売新聞社に正力松太郎を訪ねた。正力は福原から、「内々に」との連絡を受け福原を待っていた。鈴木商店が倒産して以来、凋落《ちょうらく》する一方の福原を気の毒だとは思っていた。福原とは色々あったが、力になれることがあればしてやりたい。

銀座の読売新聞社の建物は古く、どこか黴臭《かびくさ》い。正力は部数を伸ばして早く新しいビルに移りたいと考えていた。

社長室に入ってきた福原の笑顔を見て、正力は嫌な予感がした。

〈この人のこういう顔は要注意だ〉

正力は警視庁の警務部長の職を虎ノ門事件の責任をとって辞した後、河合良成や後藤圀彦から「読売新聞を引き受けたらどうだ」と言われ、新聞社経営に乗り出した。郷誠之助や中嶋久万吉ら財界人も応援をしたが、当時の読売新聞は王子製紙に紙代金八万円を滞納していて、それを支払わないことには経営もおぼつかない状態だった。

そんな正力に十万円もの資金を自分の屋敷を担保に出してくれたのが後藤新平だった。そして、そのカネを今日と同じ笑顔で正力に届けに来たのが、使い走りの福原憲一だったのだ。

あろうことか福原はその場で、カネは自分が作ったのだと嘘をついた。その言葉を真に受け恩義を強く感じた正力は、東京商工会議所の会頭選挙で福原を懸命に支援した。しかし、後にそれが嘘だと分かり、正力は愕然《がくぜん》とする。怒り心頭に発するが、福原の臆面《おくめん》もない態度に逆に感心させられもした。

「後藤先生を説得したのは僕だ、だから、僕があのカネを作ったのも同様だ」

真偽のほどは分からない。しかし、そう胸を張って堂々と言う福原に、正力は呆れながらも納得させられたのだ。

福原はそんな奇妙な人間操縦が得意だった。

社長室に似合わない粗末な応接椅子に福原は腰を掛けると、いきなり正力に頭を下げた。

「正力君！　一生の頼みだ。僕もまた世の中に出られるチャンスが巡ってきた！　そのために君の力が必要なんだ」

正力は何事かと驚いた。

福原は帝人株の買い取りについて説明し、正力に大蔵省や日本銀行を説得して自分にその仲介を一任させてくれと頼んだ。福原の話はそれなりに筋が通っているように正力は感じた。

「分かりました。日銀の土方総裁や大蔵省の黒田《くろだ》次官とはすぐに面会するようにします。それで、おっしゃったようにもう既に資金を出す買い手は纏まっているのですね？」

「あぁ、大丈夫だ。原邦造《はらくにぞう》さんや太陽生命が全て引き受けてくれる」

福原の出任せだった。それぞれに話はしているがまだ何の了解もとれていない。何が何でも正力を動かして帝人株を引き受けたい。その一心からの、出たとこ勝負の出鱈目《でたらめ》だ。

「この仲介で僕には莫大《ばくだい》な手数料が入る。一株当たり二十円は頂くつもりだから……四百万円くらいになる。そうすれば君に以前やった十万の十倍、百万円は差し上げられる。こんなおんぼろビルは潰して、そのカネで新しいビルを建てればいい」

その言葉に正力は呆れながら、それなりの儲けにはなりそうな話だなと思った。

福原が帰った後で永野護から正力に電話があった。正力は永野に、番町会の後見人である中嶋久万吉商工相を通して、日銀の土方総裁や大蔵省の黒田次官との面談の場を設けてもらうと話した。永野はそれだけを聞くと電話を切った。

翌週、丸の内二丁目にある三菱十三号館の福原憲一の事務所に永野護と正力松太郎が訪れた。

正力は日本銀行が帝人株を売却することについて値段さえ折り合えば異存はないこと、大蔵省もその旨で了承していることを伝えた。

「今、ここに来る途中で、正力君から福原さんが買い手を纏めたと聞きました。良かったですね。正力君の話も合わせると、大きく前進ですね」

永野がそう言うと福原は顔を曇らせて、

「いや……それが、先方が急に考えさせてくれと言ってきたんだ。それも今さっきだ」

福原はそう言って嘘で繕うしかない。

永野は正力と顔を見合わせた。

「でも、大丈夫だ。まだ可能性はある。それに、大蔵省や日銀から売却の了解をもらったのだから、もうこっちのものだ」

永野はそんな福原を見て、しばらく考えてから言った。

「どうです？　河合良成君もこの話に加えては？　彼は生命保険会社にいますし、これまで色々な資金の受け皿を纏めた実績がある。彼に話をして、大口ではなくシンジケートでの買い取り団の組成を考えませんか？」

「だっ、駄目だ！　そんなに手を広げては困る。大口先に絞るべきだ。それに、何度も言うが、これは株の買い取りの話だ。情報が漏れると大変なんだ」

福原はこれまでと同じことを繰り返した。

「その点は大丈夫です。河合君は我々の仲間です。我々の間での秘密保持は保証します。ただ、大口だけを考えるのは今の状況では難しいです。ここからはシンジケートも模索する方向で行きましょう」

結局、福原は折れた。

福原は河合良成のことを知っていた。永野や正力と違い正体を摑《つか》みづらい男だと思っている。それだけに、自分が上手く操縦出来るかどうか自信がない。しかし、こうなると永野の言う通りにせざるを得ないと覚悟を決めた。

◇

「どうだい、番町会にかけないか？」

日華生命の執務室で河合良成は永野護から経緯を聞くとそう言った。永野が同意すると、河合はその場から郷邸の書生に電話をかけ、次の土曜の午後の西洋館の使用許可を取った。

当日、郷邸の憧球室に集まったのは番町会会員の河合良成、永野護、正力松太郎、それと山叶商会で取締役をしている長崎英造《ながさきえいぞう》だった。長崎は永野が連れてきていた。

長崎英造は、東京帝大を卒業、大蔵省に勤めた後に台湾銀行に移り、その後、鈴木商店に引き抜かれて役員となった。鈴木商店倒産後はその子会社だった旭石油の社長となり、その他にも幾つかの会社の重役を兼任している。山叶商会では専務の永野護に乞《こ》われて取締役に就いていた。永野とは同郷で東京帝大の先輩後輩という関係から長く付き合っていた。桂太郎の娘婿で、この時五十一歳になっていた。

永野護は長崎をこのディールには打って付けの人物だと思った。鈴木商店の内情を知っているし、台湾銀行や帝人に人脈があり政治家にも顔が利く。

永野護が黒板を使いながら概要を語り終わると河合が訊ねた。

「で、日銀が担保として持っている帝人株の簿価はいくらなんだい？」

「五十円、今の市場価格の約半分です」

「それで福原さんは幾らで買い取ろうとしているんだい？」

「簿価に少し色を付けた値段で買いたいと言ってます。元々は鈴木商店のものだから、自分がその代表として買う場合には、担保に入れた時の価格で買える権利がある筈だと……」

河合は冷ややかな笑い声を立てた。

「徳川時代の取引じゃあるまいし、正常なビジネスの感覚ではないね。日銀も台湾銀行も高く売りたいに決まっているし、今の市場価格から若干低いぐらいが妥当だろう？」

「僕もそう言っているのですが、政治家を使えば分かってもらえる。自分は簿価で引き取れる力があると言ってきかないのです」

「じゃあ、百歩いや千歩譲って、今簿価で二十万株を一括で引き取るカネがあるのかい？　一千万円を、あの人は持っているのかい？」

河合は福原の狡《ずる》そうな顔つきを思い出しながらそう訊ねた。

「いいえ、あの人にはカネがありません。だから郷さんのところに頼みに来たのです」

「郷さんも呆れたんじゃないのかい？　よく君もそんな男の世話をさせられたものだな」

そう言う河合に永野は郷の言葉を思い出して言った。

「河合さんのおっしゃることは尤《もつと》もですが、ここはひとつ福原さんの顔を立てる方向を考えてみたいのですが……どうでしょう？」

河合は黙ったが不機嫌な表情を隠さなかった。

「長崎さん、福原さんは本当に鈴木商店の中で力があったのでしょうか？　彼が今、鈴木商店代表のように振る舞う根拠は本当にあるのですか？」

永野が訊ねると長崎は困ったような表情で言った。

「確かに金子直吉さんは東京の財界の情報を福原さんから得ていましたし、福原さんの経営のセンスも評価していました。ですが、他の人間達はどうだったか……若い者が多かった鈴木商店の幹部達の間で福原さんへの高い評価を耳にしたことはなかったですね。福原さんはせっかちですぐに感情的になる。大局を見据えて物事を考える度量がない。今回の話も、俺の物は俺の物、他人の物も俺の物、という風に思えますね」

「では、根拠はないと？」

「ええ、そう思います」

「人を纏めると言いながら、それではまともな財界人には相手にされないのではないかと僕も心配します。自分の力を過信しているというか、過去の栄光の幻影を見ているというか、今のビジネスの現実がどのようなもので、成功のためにどんなメカニズムが必要か全く見えていない……」

そう言って永野は自分で福原の顔を立てると言いながら、次第に逆の流れを作っていることに気がつき、苦笑した。

黙っていた正力松太郎が口を開いた。

「まぁ、あの人も可哀《かわい》そうな人だ。それにまずこの話を持ってきたのは福原さんなのだから、取り敢えず福原さんが買い取り先を纏められるようにしてやろうじゃないか。郷男爵もそういう意向なんだろう？」

そう言って永野を見た。

「はい、だから福原氏と協力して探してやってくれと頼まれたんです」

そう言う永野に正力は言った。

「あの人は今はカネがないから焦ってモノが見えず神通力が効かなくなっているんだ。カネを持たせると面白い人だよ、福原さんは。だから協力してやろうじゃないか」

正力の「カネを持たせると面白い人」という言葉が永野の琴線に触れた。

星岡茶寮だ。

福原があの料亭を買ったのはカネがあったからだ。福原が買っていなければあの素晴らしい空間は維持されず、あの料理も生まれていなかった筈だ。

福原という触媒あってのことだと思った。

そう考えると、福原と付き合うのは煩わしくはあったが、郷に言われた言葉の意味が少しずつ分かりかけてきたように永野には思われた。

その時、その場の話の外にいた河合良成は思い出したように周りのメンバーの顔を改めて見回した。優秀な人間ばかりだ。

〈相場を張らず相場を取る〉

禅問答のような言葉が、河合の頭の中に突然閃《ひらめ》いた。

そして、それが河合の心に火をつけていた。燃え上がった炎の陰で揺らめいているものがあった。天一坊の姿だ。

河合はその天一坊が自分に近づいてくるのを感じた。そして河合は口を開いた。

「分かった。僕も協力しよう。永野君や正力君がそこまで言うなら僕も協力する」

突然、晴れ晴れとした表情でそう言う河合の顔を、皆は奇妙な思いで見つめた。

◇

福原憲一は正力松太郎から築地倶楽部で皆と顔合わせをしてもらいたいと電話を受けた。

「皆と？　皆とはどういう意味だ？　河合の話を聞くだけじゃないのか……」

正力からは河合が大阪に行って商事会社と話をしてきたと聞いていた。その報告を受けるものとばかり思っていた福原は驚いた。

福原が郷誠之助を訪れてから三ヶ月、昭和八（一九三三）年の一月になっていた。

「シンジケートを作るのですよ。前に申しあげたでしょう？　そのメンバーですよ」

「話を広げてもらっては困るとあれだけ言っていたではないか」

「シンジケートとは、そういうことのようです。迎えのクルマを差し向けますから、それでおいで下さい」

正力はそれだけ言うと電話を切った。福原は気が進まなかったが出掛けざるを得なかった。

築地倶楽部は築地魚河岸のそばで開業する歯科医の二階を利用したごく私的な倶楽部で、

長崎英造が作ったものだった。河合からの提案で、番町会では帝人株の買い取りに関する話に外部の人間を交える時に使うようになっていた。

福原はそこを訪れてみて驚き、焦りとも後悔ともつかない重く嫌な感情に苛《さいな》まれた。知らない顔が随分いたからだ。自分が守ってきた宝物がいつの間にか大勢の見知らぬ人間たちに横取りされていく。福原にはそう思えてならなかった。

集まったのは河合良成、正力松太郎、永野護と河合が大阪から連れてきた商事会社の重役、そして永野護が交渉している財界の大物、根津嘉一郎《ねづかいちろう》の代理の小林中《こばやしあたる》、それに永野の友人の山下太郎だった。

そこでは帝人株の大半は東京で引き受け、残った部分を大阪で引き受けてもらうという大枠の話がされていった。

福原はずっと黙って聞いていた。話の進行は永野護が行ったが、河合良成が幅を利かせているのを福原は感じた。やはり河合を加えたのが良くなかった。このままではこの男にやられてしまう。

福原は口を開いた。

「申し訳ないが、この話は、取り敢えず僕の預かりにしてもらえないか？　自分は大口の買い取り先から確約が取れそうだ。だから、こちらの指示があるまで、この話は進めないでもらいたい」

その福原に河合が訊いた。

「どなたと交渉されているのですか?」

「原邦造君や太陽生命の西脇《にしわき》社長、清水《しみず》専務だ」

「そちらの話は流れたのではなかったのですか?」

永野が怪訝な表情で訊ねた。

「いや、復活したのだ。私が裏面から話を進めて……もう一歩のところだ。だから、この話は全て僕の預かりにしてくれ」

「どのくらい待てばよろしいのですか?」

河合が冷たい口調で言った。

「どういう意味だ?」

福原はカッとなった。

「ですから、それが確実になるまでどのくらい時間がかかるのですか?」

「す、すぐだ。だから君たちは帝人には手を出すな。分かったな!」

そう言って席を立った。

「一週間ですよ」

出て行く福原の背中に河合が言い放った。

「何がだ?」

福原が振り返って語気を荒らげた。

「一週間たっても駄目な場合は、我々だけで進めます。宜しいですね」

河合は感情を交えずにそう言った。

福原は押し込まれた。河合の言葉を無視して出ていくのが精一杯だった。

番町会は福原の情報を調べ尽くしていた。永野が原邦造や太陽生命の関係者に会って福原との交渉の一部始終を摑んでいた。

彼らの話によると、福原は、自分は過去に政党や政治家に対して多額の献金をしてきた。そんな自分の今の零落は忍びないと、政治家たちが帝人株の買い取りを大蔵省や日銀から一任で自分が請け負えるよう取り付けてくれた。だから特別に安く買えるのだと言い続けていたのだ。

原も太陽生命もその福原の話が怪しいと感じ、調べてみるとそんな事実はどこにもない。それで福原との話はきっぱり断ったということだった。

それを永野から聞いた河合は、

「どうする？　まだ福原氏と組むかい？」

と質《ただ》した。

永野はさすがに何も言えなかった。

「郷さんには僕からも伝えておく。これでさっぱりしただろう」

河合はそう言って永野の肩を叩《たた》いた。永野は河合に、宜しくお願いしますと頭を下げた。そして、築地倶楽部で福原に引導を渡すことを決めていたのだった。

その後、番町会は、生命保険会社や大阪の紡績業者を買い手候補として積極的に接触していったが、頓挫《とんざ》してしまう。

金融市場の大混乱が原因だった。

昭和八（一九三三）年二月初旬、米国フィラデルフィアの銀行で支払い停止が発生し、三月になるとそれは全米に拡がった。一九二九年以来の金融恐慌だった。

日本は前年の五・一五事件の後に成立した斎藤実内閣において、蔵相の高橋是清が積極財政を進め、金輸出を再禁止し金本位制から離脱した。これが円安を導き、輸出が促進されて景気は回復の途についていた。株式市場も急騰し、出来高も新記録を更新した。

しかし、突然飛び込んで来た米国の金融恐慌のニュースで大混乱に陥った。

それはまず、為替市場を停止させた。

米国政府がこの状況を受けて金輸出の禁止に動くのは必至と見たからだった。新大統領に就任するルーズヴェルトは金本位制の維持を明確には表明していない。

三月四日、米国政府は外国銀行からの金確保を狙った大量の引き出しを懸念して、翌日からの銀行の一斉休業を宣言してしまう。

日本の為替取扱銀行も業務を停止し、株式市場も二日間臨時休場となる。

休場明けの株式市場は暴落で始まった。

指標銘柄である東株（東京株式取引所株）は休場前の百六十一円三十銭から寄り付きでは百四十八円にまで下落した。しかし、市場は冷静で大きな混乱は起こらなかった。後場になると買い物が入るようになり、東株は安値から買い戻されて百五十六円五十銭で引ける。それを見て他の株にも買い物が入り、関係者を安心させた。

しかし、大手の投資家達はこの金融の混乱に大きな不安を覚え、株の取引から一斉に手を引いてしまった。

番町会が交渉していた相手も皆、「取り敢えず一旦なかったことに……」と交渉の席を立ってしまったのだ。

河合良成と永野護は日本工業倶楽部の二階にある会員専用の談話室でドイツ語で話していた。二人は番町会のディールについて外で話す場合、密室でない場所ではドイツ語を使った。番町会の情報は極力漏らさないようにとの慎重な配慮だった。

「心配することはないよ。この相場の混乱は一時的なものだ。とにかく、見込み先との連絡を絶やさないことだ。それと、帝人の事業内容、決算内容も出来るだけ最新のものを入手して先方に伝えよう。こんな時こそ新しい情報を正確に伝えることで大きな信頼が得られる」

河合はそう言って微笑《ほほえ》んだ。

「そうですね。河合さんのおっしゃる通りだ。こんなことで落ち込んでいてはいけませんね。ピンチをチャンスに変えるのがディールメーカーの真骨頂でしたね」

永野がそう言って笑顔を見せた。

永野は福原憲一を切ったことへの後ろめたさがずっと消えなかった。そして、福原の怨《おん》念《ねん》が今の状況を招いたのではないかと、らしからぬ非合理なことまで考えて気持ちが曇っていた。

それが、河合の冷静で実際的な言葉によって一気に晴れた思いがしたのだ。

「こんな時だから出し手の側、台湾銀行の関係者との接触を密にしておこう。他に買いたいと動いている連中もこの混乱で腰が引けた筈《はず》だ。長崎さんに出来る限り台湾銀行の人間と接触してもらい、我々も直接会うようにしよう」

河合のトラブルシューターとしての能力は頭抜けている。難しい局面になるほど頭が回転し行動を活発化させる。河合は状況が好転した時に一気に加速出来るように準備を重ね、このディールに関する役割分担を明確にした。

番町会会員として、河合良成が台湾銀行との直接交渉と大阪方面の買い取りシンジケートの組成、永野護が東京の生命保険会社による買い取りシンジケートの組成、正力松太郎が大蔵省や日銀への働きかけを行うことになった。

そして番町会会員以外では、長崎英造が河合と永野をサポートし、根津系生保による買い取りには小林中が動いた。

小林中は永野護よりも十歳若い。甲府、石和銀行の頭取の息子で甲府中学を経て早稲田大学に入るが中退し、石和銀行で働いた。小林は銀行に入るとある才能を発揮した。株の投機だった。昭和に入って金融恐慌で多くの地方銀行が倒産する中、小林の株売買の成功のお陰で石和銀行は経営を維持することが出来た。そのため「石和銀行に小林中あり」と世間で評判になっていった。それが同郷の財界人である根津嘉一郎の耳に入り、根津が経営する富国徴兵保険会社に招かれる。

ちょうど三十歳になっていた。小林は資金運用だけでなく問題案件の処理などにも手腕を発揮し、部下に頗《すこぶ》る厳しい根津も小林には一目置くようになっていた。

そんな小林を見初めて帝人株取引に協力してもらおうと動いたのが永野護だった。

永野は根津嘉一郎の事務所に出入りするうちに小林と知り合い意気投合するようになっていたのだ。

〈生意気な奴だな〉

初めて小林と会った時の河合良成の印象だった。丸顔に丸眼鏡をかけた仏頂面で、年上の河合たちにも遠慮会釈なくずけずけ物を言う。だが、それが理に適《かな》っていて面白い。

〈この男は使える〉

河合はそう思って小林のディールへの参加を認めた。

このようにして、河合良成、永野護、長崎英造、そして小林中の四人による帝人株の買い取り実行部隊が形成されたのだ。

◇

状況の好転は早かった。

米国発の混乱は米国の新大統領の手で収束した。ルーズヴェルト新大統領は恐慌対策を次々に打ち出し、産業復興法案を可決させると金本位制から離脱し、ドル切り下げで輸出を促進させ産業振興を行うと同時に、最低賃金、最高労働時間制の制定など、進歩的な政策を実現させて労働者の勤労意欲を高めていった。ニューディール政策と呼ばれるものが奏功したとされた。

米国経済が落ち着きを見せたことで、元々回復の途上にあった日本経済は活気を見せるようになり、帝人株の買い取りを巡る動きも具体化していった。

河合良成は丸の内にある台湾銀行東京支店を何度も訪れ、島田茂《しまだしげる》頭取や担当の高木復亨《たかぎなおみち》理事と会談を重ねた。永野護や小林中が纏めた保険会社を中心とした帝人株の買い取りについて熱心に交渉を進めていった。

〈……この男、難しいな〉

河合にそう思わせたのが高木理事だった。

命令を受けるためだけに生まれてきたような男で、島田頭取からの「出来る限り台湾銀行に有利に」との言葉に、帝人株売却をその方向へ持っていくことしか頭にない。自らの裁量による妥協がなく、銀行側に有利な条件を一つでも多く獲得したがり、交渉相手としてこれほどやり辛《づら》い相手はいない。

責任感が異様なほど強く極めて神経質だった。そのせいで胃を壊しているのか、河合との話の合間でも時折鳩尾《みぞおち》を強く押さえることがあった。

四月の下旬、島田頭取が台湾に渡った後、その高木理事を中心に交渉は具体化していった。高木は河合とのやり取りを纏めると電報にして島田に打ち、島田から返電された指示で動く。何度もそれが繰り返された。

昭和八（一九三三）年の五月六日、河合は台湾銀行が保有する帝人株二十万株について、具体的な条件を台湾銀行に提示した。
1　帝人株十万株を時価（配当付百十七円）で即時売買契約を行うこと。
2　残株の十万株は配当付き百二十二円で一ヶ月の間、買い手に優先的な買い取りの権利を与えること。

3 買い手は東京の生保グループと大阪の綿糸商で、概ね折半とする。
4 生保グループの支払いは現金による即金で行い、大阪の綿糸商は現金三割とし残金は三ヶ月以内に完済とする。

これに対して高木理事から返答が届いた。

……帝人は業績好調な優良会社で近く増資増配も予想され、株価の一段の上昇見込みがある。それゆえ時価での売却では話にならない。また、残り十万株を五円高程度で縛られるのは認められない。二十万株を即時買い取るか、十万株を買い注文とするなら一段の値上げをすることを要求する……。

五月八日、河合は高木に対して、生保グループは監督官庁からの指導で時価以上での買い取りは出来ない、但し、時価であれば高くても買うことが出来る旨を伝えた。そしてこの日、丸の内会館で行われた生保協会定例会で会長の石坂泰三《いしざかたいぞう》が「中嶋久万吉商工相から帝人株を買い取るよう勧められた」と発言したことを報告した。河合たちが中嶋に事前に依頼して動いてもらった結果だった。

五月九日、帝人の役員と台湾銀行在京の理事が協議し、帝人が半額増資と配当一割二分、特別配当一割三分を行うことを認めた。

そして、帝人株の売却条件に関しては、二十万株を百二十五円で売却するか、十万株のみ百二十円以上で売却し残株の優先的買い注文は受けつけない、という二つの案を島田頭取に打電した。

五月十日、島田頭取は十万株百二十円以上での売却なら差し支えないが、残株への優先買い取りは認めないとし、帝人の配当に関しては内示してもいいが、増資の件は契約成立後相談する程度に留めるよう、返電してきた。

これを受けて河合と高木理事は交渉をさらに進めていった。

五月二十二日。

台湾銀行東京支店で河合良成は高木復亨理事と最後の詰めに入った。

「十五万株を百二十一円で如何《いかが》です？　全額現金で支払います。これで決めましょう。悪くないと思いますよ、高木さん」

高木は島田頭取から指示された十万株百二十円以上を最低の交渉ラインと考えていた。ずっと鳩尾を押さえながら河合と対峙していた。

「いや、十万株までです。それも値段は百二十五円以上でないと駄目です」

高木は五円も最低ラインに上乗せしている自分に興奮した。上手《うま》く行けば頭取からの評価も上がる筈だ。「台銀に有利に有利に」と頭の中で呪文《じゅもん》のように唱え続けていた。

河合は考えた。

〈五円はふっかけているな。だが、ふっかけだと考えれば、こちらの提案を呑ませやすいかもしれない〉

河合は高木に微笑んだ。

「分かりました。百二十五円で決めましょう。但し、仲介手数料は頂戴します。一株に付き一円です。宜しいですね？」

「手数料？　そんなものは困る。じゃあ、百二十四円でいい。それで決めようじゃないか」

「これは正規の株の売買取引ですから、当然手数料が発生します。手数料をお支払いにならなければ手数料相当分を譲渡と見做され、税務当局から御行がお調べを受けた際に却って高いものについてしまうと思いますが？」

河合は微笑みながらも強い調子で言った。

税務当局と言われ高木はドキリとした。

「ちょ、ちょっと待ってくれ！　私の一存では決められない。頭取に相談する。一両日待ってくれ」

高木はまた電報でのやり取りを行った。

そして、五月二十五日に契約は纏まった。

十万株の売却で価格は百二十五円と決定された。当日の時価よりも三円高い価格だったが、河合が監督官庁に根回しをした上で生保グループを納得させた。そして、一株に付き一円の手数料を徴収することにも成功した。

◇

福原憲一は震えが止まらない。怒りで身体が引き裂かれるようだった。

五月も残すところ僅《わず》かとなったその日、福原は突然、正力松太郎から日本工業倶楽部へ呼び出された。そこには、正力と河合良成、永野護が待っていた。

そこで河合からおもむろに、帝人株買い取りの取引が成立したと聞かされたのだ。

「おい永野！　この話は俺がお前に持ってきたものだぞ！　俺の帝人だぞ……」

福原は怒りで真っ赤になっていた。永野は俯《うつむ》いて目を合わせようとはしなかった。

河合が言った。

「福原さん。ビジネスはビジネスです。あなたは買い取り人を纏めることが出来なかったが、我々には出来た。それだけのことです。それは納得して頂かないと困ります。ただ、福原さんからお話を頂いたことは感謝しています。ですから、謝礼としてこちらを用意しました。どうかお受け取り下さい」

そう言って封筒を差し出した。

福原は河合を見た。その顔には微笑が浮かんでいる。

「こんなもの、受け取れるか！」

そう言うと部屋から出て行ってしまった。

正力がその後を追った。

永野と二人だけになった部屋で河合が言った。

「気にすることはないよ。我々のやったことは正当なビジネスで、誰に後ろ指差されるものでもない。福原さんにはビジネスの力がなかった。それだけだよ」

「ただ……あのことを言わなくて良かったでしょうか？　後で福原さんが知ったら、さらに怒るのではないでしょうか？」

心配そうに永野はそう言った。

「まだ正式な契約を交わしていない。だから契約の詳細まで部外者に語ることは出来ないよ。まぁ、福原さんのことは正力君に任せようじゃないか。彼にはそれだけのものを渡すのだから……」

五月三十日、島田頭取と河合良成を当事者とする売買契約書が交わされた。

一株につき一円の手数料が河合に支払われ、付帯条件として、配当は普通配当のみで年一割五分、増資は旧株三に対して新株二を割り当てること、そして、買い取り団から帝人に取締役を入れることが盛り込まれた。

買い取りは、東京の生保グループ（第一、帝国、大平、日華の四生命保険と富国、国華の二徴兵保険会社）が六万株、大阪の綿花商連（田附商店、大阪商事、伊藤忠など）が四万株となった。

六月、台湾銀行は買受人から得た代金を日銀に納め、帝人株十万株は各買受人に引き渡された。株の引き渡しに際して、河合は買受人から手数料として一株につき一円を取った。これで河合は売買双方から合計二十万円を手数料として獲得したことになる。

番町会では、その二十万円のうち永野護の山叶商会と大阪方面を斡旋した証券会社に一万五千円ずつを手数料として支払い、残り十七万円を正力松太郎に渡すことが決められていた。正力の読売新聞社を強化するための資金だった。

上向きを見せてきたとはいえ景気の低迷する中、新聞による偏った財界批判は後を絶たなかった。番町会では財界の考えを正確に発信する新聞の必要性が常に議論されていた。その役割を正力の読売新聞に求めたのだ。

六月十日、福原憲一はふたたび正力松太郎に日本工業倶楽部に呼び出された。どうしても会ってくれと正力に懇願され福原は出掛けた。

正力は郷誠之助に頼んで貴賓室を押さえてもらっていた。

福原が部屋に入るなり、

「福原さん、帝人のことは私からお詫《わ》びします。誠に申し訳なかった。この通りだ！」

待っていた正力は福原を見るなり土下座した。ペルシャ絨毯《じゅうたん》に頭を擦りつけている。

「まぁ、正力君。君だけのせいではない。頭を上げたまえ」

福原がそう言うと正力は、

「福原さんのお力になれず、それればかりか、裏切ったような形になり、この正力、面目が立ちません！　ここで腹かっ捌《さば》いてお詫び致します！」

そう言うとあっと言う間に上半身裸になり、持っていた短刀を引き抜いたのだ。

「まっ、待て！　正力君。そんなことはせんでいい。そんな物騒なものは早くしまえ」

「いえ！　許すと言って頂けなければ、今この刃、腹に突き立てます！」

「分かった！　許す！　君のことは許してやる！」

日本工業倶楽部会館を出た福原憲一は、丸の内仲通りを足早に歩いた。顔には笑みが浮かんでいる。

「正力の芝居に付き合ってやったお陰で、思いのほかの金子《きんす》が手に入ったな」

福原の懐には三菱銀行振出の小切手が入っていた。金額は五万円だ。

「死んでお詫びが出来ないなら、せめてこのカネを受け取って下さい。新しい輪転機を買うため用意したカネでしたが……何卒お納め下さい！」と正力が差し出したものだった。

「正力君がそこまで言うなら……」と福原は受け取り、「これで全て水に流してもらえますか？」と言う正力に、福原は頷《うなず》いたのだ。

全て河合良成のシナリオだった。今のうちに福原にカネを握らせ、帝人に関して今後一切口出しさせなくする作戦だ。

まんまと福原はその策に嵌《はま》った。五万円は今の福原には咽《のど》から手が出るほど欲しい金額だ。懇意にしてきた正力の顔を立てるという名目なら懐にしやすい。

しかし、二週間後に福原はそのカネを受け取ったことを死ぬほど後悔する。

その新聞記事を目にした時、あまりの怒りに血の気が失《う》せた。

『昭和八年六月二十六日。

帝国人造絹糸株式会社は臨時株主総会を開催し、新役員人事を発表した。……取締役・永野護……河合良成』

5　ジュリスト

昭和九（一九三四）年の一月、強烈な寒波が日本列島を覆った。関東地方も平均気温が三度前後という異様な寒さが続いた。冬でもどこか温暖さを感じさせる鎌倉でさえ寒い。

武藤山治は正月松の内を神戸の本宅で過ごし、松がとれてから北鎌倉の別宅に戻った。

関西実業界の雄として長く就いていた鐘紡社長の職を辞し、政治活動も止《よ》して、東京丸の内にある新聞社、時事新報の社長となって二年が経《た》っていた。松がとれて初めての週末、武藤は北鎌倉でゆったりとした時間を過ごしていた。しかし、六十六歳の身体《からだ》にこの寒さは応《こた》えた。

茶室で茶を点《た》てていても震えが来る。松風の向こうから鳴る建長寺の鐘の音も凍えたように聴こえてきていた。

床の間には虚空蔵菩薩《こくうぞうぼさつ》像が掛けられている。鎌倉時代の作品で頭光と身光から各々三条の光明を放ち五仏の宝冠をつけていた。密教の修行で記憶力を高めるための求聞持法《ぐもんじほう》の本尊だった。

武藤はそれを凝視してようやく寒さを忘れた。そして、己の来し方行く末を思っていた。そこには日本経済の過去現在未来が重なってくる。

武藤は今の日本の経済産業界に対して深い憂慮を抱いていた。資本主義が歪《ゆが》められている。

それも、資本家の中の不純分子によって歪められている。あの郷誠之助を中心とした番町会の連中がそれだ。

武藤は郷の顔を思い出すのも嫌だった。

「何が『修正資本主義』だ。言葉を変えた社会主義ではないか。政治家や官僚に阿《おもね》りおって……」

郷たちが新聞に語っている経済界による一種の自主規制のスローガン、『修正資本主義』のことだ。武藤は怒りが込み上げてくるのを抑えた。茶を呑《の》む時はただ菩薩と一体となろうと、思いを改め、軸を見つめた。

茶室から出ると女中が、お約束のお客様がおいでです、と伝えにきた。

武藤は応接間に向かった。洋間の応接室では、福原憲一が椅子《いす》に腰をかけていた。

〈この男、狐《きつね》のような容貌《ようぼう》になったな〉

武藤はそう思った。昔から好きな男ではない。鼠《ねずみ》のように動き回り、財界の裏面での政治活動が好きで清潔感に欠ける。かつては鈴木商店東京代表として羽振りが良かったが、今は凋落《ちょうらく》して久しい。

福原は年頭の挨拶《あいさつ》を済ますと、いきなり武藤の急所を突く言葉を放った。

「武藤さん、番町会の悪事を知っておられますか？」

どうしても会いたいと福原から連絡があってから、どうせ仕事かカネの無心だろうと思っていただけに、武藤は驚いた。

「昨年の帝人株の取引を巡って、番町会がどれほどの悪事を働いたか……ここにその詳細が書かれております」

福原はそう言うと持参した風呂敷包みを開き一冊の帳面を取り出して武藤の前に置いた。

ＳＺＫの印が入ったその帳面を取り上げて武藤は読んでいった。

「私はそこに書かれていることに直接間接に関《かか》わっておりました。全《すべ》て事実です。こんな恐ろしいことに自分はこれ以上関われないと帝人株の取引から身を引いた次第です。これを武藤さんの時事新報で取り上げて頂き、番町会を葬り、経済界に正義を取り戻して頂きたいのです」

福原憲一は過去半年、復讐《ふくしゅう》に向けて鬼神のようになっていた。取り憑《つ》かれたように帝人株取引を巡る犯罪の物語を書き綴《つづ》っていった。それは、見事な『大疑獄事件』のシナリオとなって完成した。

登場人物は、政治家、高級官僚、番町会を中心とする財界人。金が飛び交い贈賄や収賄、汚職、背任などの犯罪が満載されている。資本家が政治家や官僚と結託してこの国を食い物にしている。大衆が喜ぶフィクションの壺《つぼ》を憎いほど心得た内容だった。

福原はかつて映画会社を経営していた。

大正初期、日本活動写真株式会社、日活は古い芸能界の体質の染みついた会社だった。それを福原が社長となって改革を行い、大きな成功を収めたのだ。

従来の女形を女優に切り替え、岡田嘉子、夏川静江らを出演させて評判を取り、監督には溝口健二を起用した。第一次大戦の好況で大きく興行収入を伸ばし、戦後恐慌でも映画界は好調を続けた。しかし、関東大震災で映画館やフィルムが焼失する。

だが日活は、焼け残った向島撮影所と京都にある撮影所の頑張りによって震災後もすぐに大きな収益を上げることが出来た。京都から大河内伝次郎というスターが生まれたことも奏功した。

昭和二年、太秦《うずまさ》に最新の撮影設備を持つ撮影所を建設して日活映画を不動のものにした福原は、社長の座を後進に譲り、東京商工会議所の会頭になった。福原憲一、栄光の時代だ。

元々福原の性格はその世界に向いていた。映画会社の経営を行っていた時、福原は何よりもシナリオが大事だと思っていた。当たる映画は必ずシナリオが良い。福原は自らシナリオを読み、制作サイドと意見を交換する時間が何より好きだった。

武藤山治は帳面を読み進みながら、口元が自然と緩んで来るのを抑えられなかった。

「これは、僥倖《ぎょうこう》だ！　これこそ求めていたものだ！」

倒産寸前の新聞社を買った甲斐《かい》があったと、この時初めて思った。

これで、自分の力で、あの番町会を叩《たた》き潰《つぶ》すことが出来る。

「福原さん、ありがとう。あなたの願いを時事新報が必ず叶《かな》えますよ。まぁ、見ていらっしゃい」

武藤は眼鏡の奥の小さな瞳《ひとみ》を輝かせてそう言った。

〈さぁ、第一弾はこれで装塡《そうてん》した。次は反応を見ての第二弾だ〉

福原は笑みを浮かべた。

時事新報は『「番町会」を暴く』というキャンペーン記事の連載を開始し、帝人株の売買を徹底的に攻撃した。

時事新報　昭和九年一月十九日
本社は何故に番町会の問題を取り上げたか
武藤山治

本社が昨日来掲載せる「番町会」に関する記事は各方面に多大の注意を喚起し、世間には種々の批評が行われているようである。

就いては私は茲《ここ》に何故に本社がこの問題を取上げるに至ったかについて一言して置く。

「番町会」に関する種々の良からぬ噂《うわさ》はかねてより耳にするところであったが、最も吾々の注意を惹《ひ》いたのは、昨年六月台湾銀行より帝国人絹株拾万株を「番町会」に籍を置く一、二氏に依って買い取られたとの報道を得た時に始まる。（中略）

ここに於《おい》て本社は公益上最早放任すべからざるものとして此《この》問題を取上ぐるに至ったのである。

しかして本社が此問題を捨て置き難きものと考えた主たる理由は、世間に問題にされている是等株式の売渡値段の当否にあるのではない。吾々が此問題を最も重要視するのは、是等の株式は普通銀行の担保流れと違っている点である。

台湾銀行は昭和二年の恐慌に際し何に依って救われたか、言うまでもなく我国民に六億円という多大の損失を負担せしむるに至った彼の特融法の御蔭である。して見れば台湾銀行の担保物は公有物とも見らるべきものである。即ち一円でも高く売上げて国庫の損失を軽めるべき義務あるは勿論《もちろん》、其処分方法に到っては極めて公明正大でなければならない。

然《しか》るに台湾銀行の当事者は、之が処分に当って之を公売するの手段を採らず特融の監督取扱の責任者たる日本銀行の之を認可したるは如何《いか》なる理由に依るか、是れ第一に糺《ただ》さねばならぬ点である。

今回の如《ごと》き問題の起るのも、元はと言えば台湾銀行が不透明なる売却手段を採った為《た》めである。（後略）

「番町会」を暴く　和製タマニー利権魔の暗躍振り

何が目覚しいといって、近頃番町会の暗躍位目覚しいものはない。寧《むし》ろ凄《すさま》じいと云《い》った方が良かろう。いや凄じいでもまだ足らぬ。全く戦慄《せんりつ》に値するものがある。実際経済会社では、最近この一派の猛烈な暗躍に、非常な戦慄を感じているものが少くない。とりわけその一派の副総理格たる中嶋君が商工大臣になってから、この一派の暗躍は悪化した。実は中嶋君の商工大臣になったことそのことが既に此の一派の暗躍の結果だというが朝にいて中嶋君が大臣の名刺を振り廻《まわ》し、野に物凄《ものすご》い面々が腕節を擦《さす》って、上下挟撃《はさみう》ちで経済界を掻廻すのである。堪まったものではない。（中略）

前年後半に於ける東株整理問題及び之れにからんでの後任理事長問題に、如何に此の一派の面々が暗躍したかは、世人のまだ耳新らしい所である。それから少し溯《さかのぼ》ると帝国人絹お家騒動がある。之れは（中略）台銀背負込みの帝国人絹株肩替りに端を発し、遂《つい》に此の一派による帝国人絹乗取りにまで発展し、真面目なる経済人をして戦慄を感ぜしめ（中略）たものである。

（中略）

しかも一派は経済界ばかりではまだ足りないとあって、政界にまでその職場を拡げて、暗躍の芝居を打っている。旧臘《きゆうろう》押迫って、芝紅葉館に、政、民両党の頭所をずらりと並べて、どんなもんだといった所謂《いわゆる》政民連繋《れんけい》劇がそれである。如何にファッショに怯《おび》えた政治家達で、溺《おぼ》れるもの藁《わら》をも摑《つか》むとは云え、天下公衆の面前で、政友床次《とこなみ》、民政町田《まちだ》ともあろうものが、中嶋君にあの歯の浮くようなお世辞は、見ているものの方で顔を赤《あか》めずにはいられなかった。しかし中嶋君がその歯の浮くようなお世辞を云われるように仕向けた所に番町会が正力某を参謀としての戦慄すべき暗躍がある。

（後略）

伏魔殿の由来　立役者の面々

番町会は今から十二年前の、大正十二年二月に旗揚げしたものである。酒と女には目がないが、我利亡者の多い財界には珍しい金に恬淡《てんたん》で、太っ腹の郷誠之助君を取巻く、少壮実業家連が、その太っ腹と親分肌を見込んで郷君とその弟分であり、秘書格である中嶋久万吉君を中心に、会員は互に精神的にも物質的にも助け合うという誓約を交し、別に会則などは設けなかったが堅い団結を作るに至ったものである。(中略)

そして毎月十四日の夜、全会員は麴町番町の郷君の邸に集まり、郷君、中嶋君から何か修養になる話を聞くということにして来たのである。(中略)

さてしからば専属役者たる番町会正会員十一名の顔触れは如何、次に示す如く、中には真面目な人もあるが、大部分は相当風雲を起し兼ねまじい面々であり、その関係会社を見れば、如何に一派の手が各方面に延び、その職場が広いかに驚かされる。

河合良成君(東京商工会議所議員、日華生命専務、帝国火災、菊地電気軌道、日本ビルディング、中央毛糸紡績各取締役、帝国人絹、留萌《るもい》鉄道、東京湾汽船各監査役)

永野護君(東京商工会議所議員、帝国人絹、大宮瓦斯《ガス》、東京湾汽船、山叶、日本レール、東洋製油、東華生命各取締役、横浜取引所、南部鉄道各監査役、日本放送協会関東支部監事)…………(後略)

「帝人」の乗取り・人絹狂時代の大芝居

・先《ま》ず台銀攻落に河合君、必死の策動
・肩替りの割当にロボット交渉委員
・十一万株の行方　甘い汁を吸う一派
・醜！　利権魔は踊る　島田頭取の背任？
・鳩山文相も踊る　政治運動の軍資金？

世間が時事新報によるスキャンダラスな内容の記事に騒然となる中、河合たちは各新聞に、番町会は帝人売買には関係なし、と反論を掲載した。そんな応酬も大衆の注目を引くことになった。

◇

河合は郷誠之助を番町の本邸に訪れた。

郷と初めて会った十五年前と同じ、あの小振りの応接間で郷と話し合っていた。

壁に飾られている白人女性の絵はそのままだった。

「このような騒ぎになり、申し訳ありません。郷さんのお名前まで出されてしまい、何とお詫《わ》びを申し上げればよいか……」

「うん。しかし、武藤には困ったものだな。僕があの男と上手《うま》くやっていればこんなことはなかった筈だ。僕の不徳の致すところだ。それに帝人の話は僕が君たちに振ったもので元はと言えば僕に責任がある」

郷はそう静かに言った。

「そんな風におっしゃって頂くと却《かえ》って申し訳なさが募ります。ですが、我々のやったことは完全無欠の商行為です。犯罪に問われるようなことは微塵《みじん》もありません。ですので、どうかご安心下さい」

「僕もそれは心得ている。しかし、時代の風向きが悪い。何だか嫌な予感がする」

河合はその郷の言葉が意外だった。

〈取り越し苦労をしておられる〉

河合はそう感じながら重ねて言った。

「私は証券取引について帝大で教えている人間です。その人間が万全を期して行った取引です。間違いはありません」

「君のことは誰よりも僕が理解している。君の言葉が確かであることは承知しているし、君を百パーセント信頼している。だが、今の世の中はどんな足でも掬《すく》われかねない嫌な風が吹いている。それに気をつけてもらいたいのだ」

河合は笑って、

「大丈夫です。足など掬わせません」

　自信に満ちて言った。

　郷はそんな河合を見ながら思った。

〈河合は自分の世界に入り込んでいる。狭い世界の完全無欠など時代の大きな流れの中では木っ端微塵にされることもある〉

「今日お邪魔しましたのは、今回の件で郷さんにお願いに参りました。まずしばらくは番町会の開催を見送りたいと思います。そして、郷さんにはこの件で我々の救済のために動いて頂くことを御控え頂きたいのです。政官財、どの方面にも沈黙をお貫き頂きたい。全て我々の力で解決して見せます。郷さんに泰然自若を貫いて頂くことで、番町会が真に強い存在であることを世間に示すことが出来ます。今後どのようなことが起ころうとも、いや決して何も起こりはしませんが、郷さんには山の如く動かずに頂きたいのです。我々をご心配になる郷さんのお気持ちは痛いほど理解しております。それ故の我々からのお願いです。何卒《なにとぞ》お聞き及び頂きたく存じます」

　そう言って河合は頭を下げた。

　郷は腕組みをして眼を瞑《つむ》り、長い沈黙の後で口を開いた。

「河合」

「はい」

「自信を持ちすぎるな。自分にも番町会にも、そして僕にも。この世は自分達が思うほど自由にはならん。僕も分を弁《わきま》えているつもりだ。今の時代どこに地雷が仕掛けられているか知れん。法律上どれほど正しく白であっても、大きな流れにかかれば黒とされてしまう。無理を通そうとする力があらゆる方面から現れている。誰もがテロを画策しているのだ。だから用心しろ」

「承りました。ですが、ご心配には及びませんので、何卒動かずにおいで頂きたく存じます」

重ねてそう言う河合を見ながら郷は考えていた。自分が動きたくても動けないような状況が来るのではないか、河合たちに想像を超えた何かが起こるのではないか、郷は深い不安が湧《わ》きあがるのを感じていた。

「郷さんと初めてお会いした日、この絵を拝見した時のことを思い出します。良い絵だと郷さんに申しあげたのが昨日のことのようです」

河合は自分の落ち着きを誇示するようにそう言った。

「アンナという名の僕の生涯で忘れ得ぬ女だ。人生が儘《まま》ならぬことを教わった女でもある。十八の若さで自ら命を絶ってしまった。こんな男のためにな……」

そう言って絵を見つめる郷の横顔を見ながら河合は思った。

〈郷さんも年を取られた〉

時事新報によるキャンペーン記事『「番町会」を暴く』の連載は続き、世間の関心は異様なほど高まっていた。

◇

そんな状況を見届けてから福原憲一は次の行動に移った。

福原は東京地方検事局に検事総長の林頼三郎《はやしらいざぶろう》を訪ねた。そして帳面を手渡し、「事件」について語っていった。

福原の説明の後、林は言った。

「福原さん、ありがとうございます。ご協力に心から感謝します。時事新報の記事が出て以来、『検察は何をしている!』と毎日のように国民から声が届けられています。これは資本家と大蔵官僚、悪徳政治家が見事に舞台に揃《そろ》った大犯罪劇だ。瀆職《とくしょく》、贈賄、背任のオンパレードだ。これを全部立件して日本の腐った連中を大掃除してみせます」

帳面を手に興奮気味の林に福原は言った。

「是非そこに書かれた犯罪を検事総長に暴いて頂きたいのです。SZKの魂が宿る帳面に私が記した事実で……。そして、帝人を食い物にされた恨みを晴らして下さい」

福原は怨霊信仰を信じていた。潰された鈴木商店の帳面は必ず力を発揮すると思い込んでいる。

「ところで検事総長がこの事件の取り仕切りをなさるのですか？」

福原はそう訊《たず》ねた。

「いえ、それは主任検事が行います。その任命は私が行いますが」

林がそう言うと、

「では、その主任検事さんが決まったら、ご連絡頂けますか？　その方にもお話をしたいので……」

と福原は言い、林は了解の旨を告げた。

検事局を出た福原は、東京駅に向かいステーション・ホテルにチェック・インした。

翌朝一番の特急燕《つばめ》に乗るためだ。

福原は詰めの作業に入った。

帝国人造絹糸、帝人の株……。

これを巡って、福原は切り札を持っていた。

その存在は番町会との話の中でも一切明らかにしていない。最初に郷誠之助と会った時、話そうとしたのを止《や》めた自分を福原はいま褒めてやりたいと思った。最後の最後まで、そのことは絶対に出さなかった。

ホテルの部屋の窓から東京駅の構内が見える。プラットフォームを行き来する人の流れを見ながら、福原は昂《たか》ぶる気持ちを抑えられずにいた。

◇

昭和九（一九三四）年二月三日。

夜の明けた東京は雪景色になっていた。

雪は朝のうち降りしきって午後には止み、三時を過ぎた頃には清々《すがすが》しい青空となった。

日比谷公園の木立や芝生には雪が残っていた。園内の泥濘《ぬかる》んだ遊歩道を、足元を全く気にせず前を見据え自動人形のように歩く男がいた。

ダークグレーの三つ揃えを身につけ髪を七三に綺麗《きれい》に整えている。

ビシッ！　と音を立てて男のストレートチップの爪先《つまさき》が固い雪の塊を砕いた。男は一瞬立ち止まり木彫りのような顔つきで飛び散った雪の破片を眺めた後、また歩き出した。

日比谷通りを市電が緩慢な動きで行き交っている。通りの向こうには帝国ホテルが聳《そび》えていた。

男の名は黒川悦男《くろかわえつお》という。検事だった。

黒川は帝国ホテルが嫌いだった。

外観も内装も全て落ち着かず息苦しい。

正面アプローチの池も空々しく、車寄せの上に大きく張り出した屋根も、その下に置かれた幾何学的な壺も見るたびに辟易《へきえき》した。降り積もった雪によってホテルのファサードは両翼を前にこちらを凝視する巨大な禿鷹《はげたか》のように見えた。

黒川はホテルに入っていった。

帝国ホテルはその階層に英国式の呼称を与えていた。一階をグランド・フロアー、中二階はメイン・フロアー、二階がファースト・フロアーで、宴会場のある最上階はバンケット・フロアーと名付けられていた。

黒川は足早にエントランス・ホワイエを抜け、メイン・フロアーのプロムナードへの階段を上っていった。低い天井と大谷石を穿《うが》った壁で覆われた建物の中はいつ訪れてもどこかしら黴臭《かびくさ》い。雪のせいかいつも以上に嫌な湿り気を感じる。

〈インカ・マヤ文明をモチーフに、だか何だか知らないがゴテゴテしやがって――〉

黒川は心の裡《うち》で毒づきながら客室棟に向かった。

舟底天井の長い廊下を歩き、特別室へ向かう仕切り扉を過ぎ、突き当たりの二〇二号室の前に着くとドアをノックした。

扉を開けた給仕に案内されて奥に入っていった。客室はホテルのパブリック・スペースとは対照的に簡素で機能的な造りとなっている。事務所として使用されている大振りの部屋の応接間に通されると三人の男が既に座って待っていた。

平沼騏一郎《ひらぬまきいちろう》男爵、司法省行政局長の塩野季彦《しおのすえひこ》、そして検事総長の林頼三郎だった。

黒川が三人に目礼してソファに腰を掛けると塩野が紙の束をテーブルの上に投げ出した。

時事新報の連載、『「番町会」を暴く』の切り抜きだった。

「知ってるな？」と塩野は黒川を見た。

「知っております」黒川は丁寧に応《こた》えた。

世間では大変な話題となっているし、昨日の貴族院本会議でも採り上げられていた。

「私のところにこの中の『帝人』乗っ取りの関係者が来て詳細を裏まで語っていった。今その内容をお二人にお話ししたところだ」

検事総長の林がそう言った。

「黒川、お前を主任にする。この帝人の筋で片っ端から検挙しろ。番町会のメンバーと中嶋久万吉商工大臣、三土忠造鉄道大臣、台湾銀行関係者、そして大蔵省の黒田英雄次官とそれに繋がる連中だ。そうすると……分かるな？」

最終的な狙《ねら》いが高橋是清蔵相であることは容易に想像がついた。高橋は五・一五事件で倒れた前・犬養毅政権から引き続き蔵相を務めていた。現・斎藤実内閣は高橋内閣といってても過言でないほど、高橋是清の人気と力に頼っている。高橋が失脚すれば内閣は即座に瓦解《がかい》することは明白だった。

「大掃除をやるのだ」

林のその言葉に、黒川は昭和に入ってから続く不況と蔓延《まんえん》する閉塞《へいそく》感、そして相次ぐテロを改めて考えた。

「テロリストや軍人は殺すことは出来る。だが後を考える頭がない。だから、こんな反吐《へど》が出るような内閣が出来てしまうのだ」

塩野が語気を荒らげて言った。

五・一五事件の後、政党政治への国民の信頼は地に堕《お》ちた。

官民の有力者たちはそんな状況を打破しようと動き、「挙国一致内閣」の名の下に旧海軍軍人の斎藤実を首相に据え、両党の代議士の他に内務官僚も閣僚として入った。そして民間を代表する形で財界から中嶋久万吉が商工相として入閣した。

「素町人風情が政治に手を出すのは許さん」

平沼騏一郎が吐き捨てるように言った。

中嶋のことだ。財界の巨頭で番町会の主宰、郷誠之助の懐刀と目されている。

「町人は町人の分を弁《わきま》えておけばよいものを、いらぬことまで言いたておって」

テロの脅威に曝《さら》され三井・三菱などの財閥が自己防衛に走る中、郷らは自らの経済ビジョンを掲げ、その政治的実現のために積極的行動に打って出ていた。

「修正資本主義」と名付けられたものだった。統制経済への方向転換と実業界の政治への積極的関与を主張した。郷の元部下で番町会のリーダー格である河合良成がその内容を

『国家改造の原理及其実行』と題した本に纏《まと》めていた。

「このままだと高橋の達磨と組んだこの連中に、国を乗っ取られるぞ」

平沼は時事新報に掲載されている番町会メンバーの顔写真を指差した。

平沼達が恐れたのは、経済を動かす者が政治を動かすことだった。財界、経済官僚、経済閣僚の結束による政治の支配だ。彼らは財界の狙いがそこにあると見ていた。中嶋久万吉の入閣はその第一歩だと。

現実に「修正資本主義」は高橋蔵相による財政経済政策に組み入れられていた。物価を管理することで経済成長を促進させ、軍事支出を徐々に抑制し、政党中心の政治体制を維持させる……それらを主眼とした高橋の政治方針を財界は全面的に支持していた。

そして、中嶋商工相の下、大企業では製鉄会社の大合同が行われ、中小企業においては輸出促進の目的で業界ごとに工業組合が組織化された。石油・自動車などの戦略的分野には事業法を制定しその保護育成がなされた。経済の統制管理を財界を代表する中嶋の主導で行う、経済界による自主規制こそが「修正資本主義」の本質だった。

高橋が蔵相となり金輸出再禁止に踏み切ったことで為替安による輸出振興が実現し、積極財政にも後押しされて足元の景気は回復を見せていた。高橋の個人的人気と相俟《あいま》って現内閣への期待は国民の間に高まっている。

そんな状況が、平沼達を焦らせたのだ。

「倒閣の暁には、真に国を背負う資格あるお方に理想の内閣をお創り頂く」

塩野はそう言って平沼を見た。

国粋団体・国本社の代表であり枢密院副議長の平沼は、司法官としてシーメンス事件を始め数々の疑獄事件を手掛けたことで政治への影響力を獲得していた。検察機構に隠然と君臨し幹部人事を意のままにすることで組織を操っていた。

「議会では、さらに追及させる。町人どもから政治を取り戻すのだ」

平沼は煙草《タバコ》の煙を吐き出しながらそう呟《つぶや》いた。

「一気にそれだけの大量検挙となりますと、かなりの無理を通すことになりますが、それでも宜《よろ》しいですか？」

黒川は冷静に言った。

「この国を食い物にする奸物《かんぶつ》を取り除くのだ。無理は承知だ。存分に援護する。思いきってやれ！」

平沼の言葉に黒川は静かに頷《うなず》いた。

黒川は二年前に平沼に見出《みいだ》されて国本社に参加し集会で演説を行うまでになっていた。かなりの雄弁でその内容を好む右翼系軍人も多かった。

しかし、理想の国家へ向け大義を掲げて演説を行う黒川の心の裡は、その熱を帯びた雄弁ぶりとは逆に常に醒《さ》めていた。平沼も国本社も出世の道具と割り切っていた。

〈思想や哲学など死ねば消えるもの。形而上《けいじじょう》の理念など現実の世界では屁《へ》の突っ張りにもならん。イデオロギーも力があるうちは使いようだがそれ以上の意味はない。死ねば無になるだけ。そんなものに固執するのは愚の骨頂だ。生きている間に力を手に入れ存分に楽しむ。その力のためにはまず出世だ。出世のために利用出来るものを利用するのみ〉

黒川悦男はそう考える人間だった。

平沼の側近である塩野が熱っぽく平沼内閣成立後の理想の国家像を語るのを見ながら黒川は腹の底で嗤《わら》っていた。

〈まるで尊王攘夷《じょうい》じゃないか……古いし、つまらん。俺が出世したら、もっと新しい思考と思想を注入して国民の精神的生産性の極大化を目指してやる。そうすれば国家は桁《けた》違いに大きな力を発揮する筈だ。俺はそれを存分に利用する。そのためにも、まずこの『事件』を上手く扱わないとな〉

黒川はこれ以上ないような真剣な表情を作って塩野の話に頷きながら、そう考えていた。

帝国ホテルでのやり取りの翌々日、黒川は検事総長の林頼三郎に呼ばれ、総長室で一冊の帳面を渡された。

「これは件《くだん》の人物が書いた『事件』の詳細だ。近日中にこの人物から君に連絡が入ることになっている。会ってやってくれ」

「珍しい帳面ですね。鈴木商店のマーク入りとは」

「意趣返しだそうだ。君の方で情報の整理が終わったら処分してくれ」

林はそう言って帳面を黒川に手渡すと、早期検挙に向け全力を尽くすよう改めて命じた。

そして、最後にこう付け加えた。

「二年前の仇《かたき》をこれで討つんだぞ。大蔵省の連中に目に物見せてやれ。それと、株は今回はご法度だ」

黒川は苦い笑いを浮かべながら頭を下げ部屋を出た。

自席に戻った黒川悦男は帳面を読み進め、出てくる人物ごとに独自のメモを作成していった。黒川は作業を終えると、ほくそ笑んだ。

〈宝の山だ〉

そこには『背任』『贈賄』『瀆職』に該当する犯罪行為が政、官、民の大勢の重要人物を巡る形で記述されていた。素晴らしい役者と舞台が揃ったシナリオだった。それに沿って検挙拘引し、『犯罪』の構成要件を『自白』で埋めれば大疑獄事件の完成だった。

黒川は武者震いした。

平沼騏一郎に取り入ったことで得た大きなチャンスだ。黒川は不眠不休で大量検挙を立案していった。検挙が実現して平沼内閣が成立すればさらなる出世の道が開ける。

議会では右翼系議員による追及で中嶋商工相が辞任に追い込まれた。その報を聞いて、黒川は青白い顔に歪んだ笑みを浮かべた。

◇

夕刻、横浜駅に着いたステファン・デルツバーガーは港町の風情のあり方をそう感じていた。スイスのドイツ語圏で育ったステファンは山国育ちだったが港町特有の開放的な空気が好きだった。

〈神戸に似ているな〉

横浜駅からはタクシーに乗り、ホテル・ニューグランドに到着した。

横浜港と山下臨海公園を望むホテル・ニューグランドは、関東大震災で市内全てのホテルが倒壊したため復興計画の一環として建設されたもので、昭和二（一九二七）年に開業していた。外観はモダンな洋風だったが、内部は来日した外国人客向けに東洋趣味で統一されている。

三泊予約されていた部屋がスイート・ルームなので驚いた。大きな窓からは夕闇《ゆうやみ》の横浜港が広がっていた。

旅装を解き、荷物を整理し、神戸から持参した会社の印鑑をフロントのセイフティ・ボックスに預けた。

約束は明日の朝だった。

ステファンは神戸よりも大きいとされるチャイナタウンで今夜は夕食をとろうと考えた。

ステファン・デルツバーガーは二年前にサミュエル・ジャクソンが日本拠点を横浜から神戸に移した後で赴任していた。まだ来日して一年経たない。

日本と欧州各国との機械や薬品の貿易がステファンの主な仕事だった。

それは先週のことだった。

支店長から業務命令を告げられた。

「来週から半年、出張扱いで東京に行ってもらいたい。新しい薬品の日本での販売調査だ。じっくり腰を据えて大きな商談先を見つけてきてほしい。東京での滞在は帝国ホテルを押さえておいた。その前に二つ仕事がある。横浜税関で神戸から回した生糸のロンドンへの輸出手続きをしてもらいたいのと……」

支店長は机の引き出しから印鑑を取り出してステファンに手渡し、ある人物と横浜で落ち合って東京の銀行に保管してある有価証券を引き出すように言った。

「引き出した有価証券をその人に渡せば仕事は完了だ。横浜のホテルはその人がアレンジしてくれる」

ステファンは東京も横浜も初めてだ。二十四歳の好奇心旺盛な独身の外国人には嬉《うれ》しい話だった。

旅の途中、車窓から見た富士山の美しさには息を呑んだが、銀色の髪で碧色《へきしょく》の目をした若い外国人をジロジロと見る車中の日本人の目には閉口した。連れだって他の車両からステファンの席までやってくる者までいた。そんなことを除けばこれまでの日本の滞在で嫌な経験はなく、ステファンにとって居心地の良い国だった。

しかし、この後出会う日本人によってステファン・デルツバーガーの運命が大きく変えられることになる。

翌朝、約束の時間にその男は現れた。

ステファンには随分年をとっているように思えたのは、男が着物姿のせいかもしれない。男はケンイチ・フクハラと名乗った。下手な英語だったがステファンには十分理解出来た。

「判子は持ってきているね?」

「はい。ここに」

ステファンはセイフティ・ボックスから出して手元に用意していた。

二人はホテルから横浜駅までタクシーで行き、そこから汽車で東京に向かった。東京駅に着くと福原のクルマで日本橋の三井信託銀行本店に向かった。

一階の応接間に通され、係の人間が書類を持ってきた。福原とステファン、それぞれが持参した判子を書類に押印すると印鑑照合がなされた。照合の結果間違いないことが分かると、二人は地下の大金庫に案内をされた。

巨大な金庫の扉の中に入ると、壁には大小様々なボックスが並んでいる。係の人間がそのうちの一つに鍵《かぎ》を差し込み開錠した。

中から、SZKと白抜きされた藍染《あいぞ》めの風呂敷包みが出てきた。それが福原の手で取り出されると、再び一行は一階の応接間に戻った。

「これでよろしゅうございますね。では、手続きは全て完了致しましたので……」

そう言うと銀行の人間は頭を下げ出て行った。

福原は風呂敷包みを開いた。

中から帝国人造絹糸会社の株券、一株五十円の百株券すなわち額面五千円のものが五十枚、五千株と白紙委任状が出てきた。

ステファンにもそれが株券であることは理解出来た。

「オーライト」

福原は数え終わるとそう言ってステファンに微笑《ほほえ》んだ。

「これで私の仕事は終わりですね。ミスター・フクハラ」

そう言うステファンに、福原は真剣な表情で言った。

「君に頼みがある。明日の夕方、ホテル・ニューグランドの君の部屋で、ある人物を交えて話をしたい。そこに君も同席してほしい」

「どういうことでしょうか？　どんな人なのですか？」

「私の英語では細かい説明は難しい。ただ、座ってさえいてくれればいい」

勘の良いステファンは、わざわざ立派なスイートを取ってくれていたのは、こういう訳があったのだなと直感し承諾した。

「サンキュー。サンキュー、ベリーマッチ」

福原は笑顔でそう言った。

明日の芝居の演出上、ステファンの存在とホテルのスイートは効く筈だと、福原は思っていた。


帝人株五千株、額面二十五万円……これが福原憲一の切り札だった。

鈴木商店倒産の直前、福原は自分が取締役を務める鈴木商店子会社の資産隠しを行った。それぞれが持ち合いの形で保有していた帝人株を、帳簿を操作してサミュエル・ジャクソンとの架空の貿易取引の担保として拠出したように見せかけ持ち出したのだ。子会社には鈴木商店への多額の債務がある。何もしなければ株券は鈴木商店の債権者に差し押さえられてしまう。

サミュエル・ジャクソン日本支店は裏帳簿にそれを載せ、株券は委任状と共に三井信託銀行本店の福原とジャクソン共同名義とした貸金庫に預けられた。いざという時には、ジャクソンが担保流れとして自社のものにしてよいと福原は好条件を付けたのだ。

日本の通関や税務当局がジャクソンには手を出せないのを福原が読んでのことだ。福原のアイデアによる株式洗浄だった。福原も福原だがジャクソンもジャクソンだ。蛇の道は蛇、アヘン貿易でその基盤を築いただけあって裏の取引にも長《た》けていた。

当然、福原は多額の手数料を支払っている。

「ミスター・フクハラが必要な時には、いつでも引き出せるように……」

裏帳簿の帝人株のことは歴代日本支店長への申し送り事項とされていた。

福原は神戸に拠点を移したサミュエル・ジャクソン日本支店に出向き、支店長に受け渡しの話をつけていたのだった。

福原はそれを自分が帝人の社長となる際の切り札とするつもりだった。しかし、それが叶《かな》わなくなり、代わって『帝人事件』の成立に使用することを決意した。

検事総長の林から主任検事が決まったと連絡をもらった福原は、ホテル・ニューグランドでその人物と会う旨を伝えておいた。

福原は株券を検察に渡し、それを「贈収賄の物証」として使用させ、自分が描いたシナリオを完璧《かんぺき》なものにするつもりだった。

番町会が帝人株の売買仲介に便宜を図ってもらった見返りとして関係者に帝人株を配っ

たとすれば大衆に分かり易く受けがよい筈と考えたのだ。福原のそのシナリオに都合の良い事実があった。

河合たちによる帝人株の買い取り契約がなされた後で権利を抛棄《ほうき》した者が出たのだ。七千株が浮いた形となり、それを河合たちは共同で資金を出し合って購入していた。小林中が単独で二千株、河合良成、永野護、長崎英造、小林中の四人共同で五千株を引き受けていた。その事実は「物証」に重みを与える筈だと福原は考えた。

福原にとっては大事な株券だが河合たちを破滅させるために使われるなら本望だった。

しかし、賄賂の証拠として使われない場合には、きちんと返却してもらう必要がある。物証として使われなければ一株でも返してもらわなければ承知出来ない。福原は検察を信用してはいなかった。

そのために株券はサミュエル・ジャクソンから福原が特別に借り受けたものにしようと考えた。そうしておけば検察が事件とは関係なく右から左に処分したり出来ないと踏んだ。もし検察が納得のいかないことをした場合に自分が声を上げられることを担保したのだ。下手をすれば国際問題になる。

福原はそう目論《もくろ》み、主任検事をホテル・ニューグランドのスイートに呼び、ステファン・デルツバーガーを同席させることにしたのだ。

◇

二月半ばのある日、午後五時。

ホテル・ニューグランドのロビーで、黒川悦男はソファに腰を掛けていた。壁際に飾られている大きな伊万里の壺を眺めながら、黒川は何度も欠伸《あくび》をした。連日徹夜に近い立件に向けた作業で疲労は溜《た》まっている。

「なんで、横浜まで……」

時計を見ながら、ぼやいた。ボーイがやってきて黒川の名前を確認すると、エレベーターで三階へ一緒に上がった。廊下に出るとボーイに付いて歩いた。三〇五号室でドアがノックされた。

検事総長の林頼三郎に「事件」の情報を提供した人物と、ここで会うことになっている。中からドアを開けた給仕に奥に案内された。部屋は広いリビング・ルームを備えた豪華なスイートで横浜港の暮れかかる景色が一望出来た。

男が二人、ソファに座っていた。

ひとりは羽織袴姿の六十絡みの小柄な痩《や》せた男だった。顔つきが狂言面の古狐《ふるぎつね》のようで狡猾《こうかつ》な印象を受ける。もうひとりは意外な人物だった。

若い西洋人なのだ。二十代半ばくらいだろうか、綺麗な銀色の髪に碧色の眼をしている。古狐は福原憲一と名乗り、続いて隣の西洋人を黒川に紹介して、今日の話にどうしても必要な人物なのだと語った。

福原は片言の英語で、そのスイス人、ステファン・デルツバーガーに黒川のことを説明した。

「黒川さんは帝大ですか？」

福原には東北地方の訛《なまり》があった。語尾が濁る。

「ええ、四高から京都の独法です」

「じゃあ、ステファンとはドイツ語で大丈夫ですな。私はドイツ語は駄目でして……」

黒川はドイツ語で自己紹介をした。生真面目な表情で黒川の言葉にいちいち頷き、聞き終わるとデルツバーガーはドイツ語で自己紹介した。

その後、福原が言った。

「帝人のことは林検事総長に全てお話ししましたから、情報として付け加えることはもう何もありません」

「そうですか、では何故私をここに？」

「黒川さん。事件を成立させ有罪にするのに、一番強力なものは何ですか？」

黒川は一瞬考えた後、きっぱりと言った。

「そりゃあ、物証に勝るものはありません」

福原はニヤリとして立ち上がった。そして、隣室に行き風呂敷包みを抱えて戻ってきた。風呂敷は藍染めでSZKが白抜きされている。福原は黒川の前にそれを置くと言った。

「物証です」

包みを開いて、黒川は息を吞んだ。大量の帝国人造絹糸会社の株券だった。

黒川は株券の裏書きを見ていった。どれも書き換えに長い間出されておらず出所の足が摑みづらい。株数分の名義書き換え用の白紙委任状もある。つまり現金と同じで賄賂として使用されたとするのにこれほど都合がよいものはない。

「これで確実に有罪に持っていける」

これ以上ない「物証」だった。

「この株券のことは林検事総長にもお話はしていません。どうです？　黒川さんはそれをお使いになりますか？　もし、正義のためにお使い頂けるのでしたら、その株券、黒川さんに進呈します」

その福原の言葉に黒川は応えた。

「義を見てせざるは勇無きなり。正義のために福原さんが譲るとおっしゃるなら、お受けせざるを得ないでしょう。我々検察はこの腐りきった日本を立て直そうと大義を持って動いています。そのためには、まず大手術をやらねばならない。この株券はそのメスになります。喜んで受けさせて頂きます」

福原はそれを聞いて口元を弛《ゆる》めた。

「ただ、残念ながらその株券は私のものではありません。こうやってデルッバーガー氏が同席しているように、懇意にしている英国のサミュエル・ジャクソンから特別に借り受けたものです。物証として使用され私の手元に戻らない分については、私がサミュエル・ジャクソンに弁済をすることになっていますが、使用されなかった株券は一株であっても速やかに返却願います。そして、もし私が納得出来ないことが株券に起きた場合には、表立って声を上げる覚悟があります。それは英国との間で問題になりかねない。そのところを、ちゃんと了解頂いた上でお受け頂きたいのですが？」

その福原の言葉に黒川は躊躇《ちゅうちょ》しなかった。

「大丈夫です。その点はご心配には及びません。なに、上手くやって見せます。ただ、ことがことですので、この株券に関しては私以外の検察の人間には一切漏らさないように願います。万一の場合は私ひとりが全ての責務を負うことにします。福原さんのお名前も絶対出ないことをお約束します。ですから、林検事総長にも、このことはご内密に願います」

福原はその言葉を素直に受けて、黒川が正義感と責任感の強い人物だと思った。

しかし、黒川はその言葉の裏で全く別のことを考え始めていた。

その様子を見ていたステファン・デルツバーガーは落ち着かない妙な気分だった。日本語でどんなやり取りがなされているのか見当もつかない。ただ、眼の前にいる男が検事だと名乗ったのだから、何らかの犯罪の捜査に関わっていることは察しがつく。

でも、一体何の話をしているんだ？

株券を前に真剣なやり取りをしている二人の日本人を見ながら「黙って座っていてくれ」と言われたことを思い出し、質問してみたい衝動を抑えた。

一時間ほどで話は終わり、黒川は株券の預かり書に署名し拇印《ぼいん》を押してから福原に手渡した。その後、黒川はSZKの風呂敷に包まれた株券をしっかりと抱え、ホテルの玄関から福原差し回しのクルマに乗りこんで横浜を後にした。

黒川を見送った後、福原がステファンを食事に誘った。

「このホテルのメイン・ダイニング『ル・ノルマンディ』にはプランクド・ステーキというものがある。それをどうかね？」

プランクドとは、厚い板を用いた、という意味で、樫《かし》の木の板皿に七百グラムを超えるリブロース・ステーキが焦げ目のついたマッシュポテトと一緒に出される。二人前から提供される豪快な名物料理だった。

ウェイターは福原の指示で肉の三分の二をステファンに取り分けた。神戸ビーフに勝るとも劣らぬ豊かな牛肉の味わいを、たっぷりの量でステファンは楽しんだ。

そんなステファンを見ながら福原も満足そうにワインを呑んだ。

これで番町会への復讐の準備は全て整った。

「あとはゆっくり見物させてもらおう」

これから起こることを想像するだけで、快い酔い心地に福原は浸ることが出来た。

◇

翌朝早く、ステファンはフロントから来客の連絡を受けた。誰だろうとロビーに降りていくと昨夜の検事、黒川悦男が待っていた。

「昨日は、どうも。実はあなたと折り入ってお話がありましてね。お借りしている株の件なのですが……」

ステファンは意味が分からなかった。

「借りていると言いますと……」

「昨日、私がお借りした株です」

「あぁ、昨日のミスター・フクハラの……」

ステファンはそこで検事の黒川があの株を借りたという事実を知った。だがそれは福原が黒川に貸したものだと思っていた。

「そう、あの帝人の株でご相談があります。あなたにご迷惑はかけませんし、決して悪い話にはなりません。今日のご予定は？」

「今から横浜税関に出向いて手続きをしなくてはなりません。一日かかります」

黒川は、何とか半日東京で自分と時間を作ってもらいたいと言う。

「私は今週末から帝国ホテルに移ります。月曜の午前中は如何《いかが》ですか？」

黒川は自分の手帳を見てから、大丈夫だとステファンに告げ、礼を言った。

「私と今日会ったこと、そしてこれからのことは、くれぐれも福原氏には内密に願います。宜しいですね？」

ステファンは検事である黒川のその言葉を重く受けとめ、月曜の朝、帝国ホテルのロビーで会うことを約束した。

黒川悦男は昨夜の横浜からのクルマの中で、ずっと興奮を覚えていた。自分が手に入れた額面二十五万円の帝人株、それが天からの授かりものに思えた。

『帝人事件』を完璧に仕上げられるだけでなく、一財産作ることが出来る大変なチャンスだ。

俺はついてる！

「株はご法度だ……」

検事総長からそう言われた黒川は立件の準備を進めながら、自分の不運を恨んでいた。

「帝人株という大きな魚を目の前に自分には指を咥《くわ》えて見ていろと言うのか……」

割り切れない思いは消えなかった。

それでも、何とか帝人事件でひと儲《もう》けに手を染める抜け道はないかと探していた。そこへ、大変な宝物が転がり込んできたのだ。

黒川は検察に入っても同期に比べ薹《とう》が立っていることが災いしてか、水戸を振り出しに浦和や下妻、そして八王子と、ずっと地方回りが続き悶々《もんもん》とした日々を過ごした。このまま自分は中央での出世が出来ないのではないかと焦った。

その黒川が檜《ひのき》舞台である東京地方裁判所の検事となったのが三年前のことだ。

そこから、黒川の運命は開けた。検察界の首領であり国粋団体、国本社の代表である平沼騏一郎に見出されたからだ。

黒川にとって国家革新のイデオロギーなどどうでもよかったが、平沼の覚えがめでたければ検察での出世は約束される。

黒川は平沼に擦り寄った。国粋思想を学び、大和民族とその国体の優秀性が、歴史、文化、政治に貫徹されていることを切々と説く見事な思想家振りを見せて演説まで行えるようになった。平沼はそんな黒川を高く評価していった。黒川は演説にインテリ好みの哲学用語を随所に用いることで聴衆から好感を得ていた。学生時代の勉強が生きていた。

そんな黒川を、平沼は検察幹部に命じ、重要事件に登用した。

それが、二年前の明糖事件だった。

昭和七（一九三二）年六月、明治製糖会社の輸入砂糖に係る税に関して警視庁が脱税の容疑で捜査に入った。

その捜査を受けて東京地検は主任検事、黒川悦男の名で大蔵省主税局長の中島鉄平《なかじまてっぺい》に対し、明治製糖を脱税嫌疑で告発するよう要請する。大蔵省がその脱税を容認していた、と検察は暗に主張したのだ。

新聞は大会社の脱税容認は大蔵省と財界との癒着だと書きたて、議会でも取り上げられて大きな問題となった。

政府は問題の早期終息を図るよう各官庁に指示し、五官庁による会議が頻繁に開かれた。大蔵省、司法省、内閣法制局、行政裁判所、会計検査院の五つだ。

そして翌年の一月、五官庁会議は、明治製糖の税を巡る問題は、大蔵省と警視庁の見解の相違で「脱税問題ではない」との結論を発表する。それを受けて政府は「明治製糖の脱税問題はなし」との閣議決定を行い、関係先に対する処分もごく軽いもので終わった。

これが検察内部で大きな蹉跌《さてつ》として残った。

主任検事、黒川悦男は懸命に立件に向け捜査を行ったが、大蔵省を守ろうとした政府の強力な抵抗の前に一敗地にまみれていたのだ。検察組織の上から下までが、大蔵省幹部を含む関係者全員を贈収賄で起訴しようと、全力で取り組んだ上での敗北だった。

昭和に入り官僚組織として強大化の著しい大蔵省を貶《おとし》め、その力を何とか削ごうと、検察はずっと狙い続けていた。

明糖事件では、最大の標的を大蔵省次官の黒田英雄に定めていた。高橋是清蔵相を支える大蔵省黒田閥のトップだ。

黒田を失脚させ高橋蔵相を引き摺《ず》り降ろすことで倒閣を成し遂げたいとする平沼騏一郎の意向がそこにあった。

黒川悦男は立件出来なかったことで検察官としては失点したが、別の点で利益を得た。

株だった。

明治製糖株を捜査情報に基づいて売り買いし大金を得ていた。究極の内部取引《インサイダー》だった。

検察内ではごく普通にそのような株の売買が行われ検察官は小遣いを稼いでいた。

彼らには「検事の薄給の身に、そのぐらいの役得は当然」という意識しかない。

しかし、黒川の売買は頻度と金額で目立った。兜町で『検察銘柄』などという言葉が流布したために検察幹部は慌てたのだ。

現世での最高の快楽獲得には力がいる。カネは力だ。出世による権力獲得と同時に財力獲得をも希求する。黒川の中でそれはごく自然なあり方だった。

「確実に相場で儲かる術」を大事件の主任検察官になることで手に入れたのだ。黒川は存分にその打ち出の小槌《こづち》を振りたかった。

帝人事件の立件に取り組みながら喉《のど》に刺さった小骨のようだった検事総長の「今回は株は御法度だ」を取り除けるだけでなく、思い描いたより遥《はる》かに大きな儲けが手に入るチャンスが巡ってきたのだ。

黒川は手に入れた帝人株を担保に入れて、先物で売り仕掛けをすることを考えた。自分が捜査に入る前に帝人株を先物で売っておき、事件で値が大きく下がったところを買い戻す。額面二十五万円の現物株を使えば大量の売り注文を出すことが出来る。

そして、売買の表向きの名義人として昨夜の若いスイス人を利用することを思いついた。外国人名義の売買は当局もおいそれとは調べることが出来ない。儲けの一割をやると言えば、スイス人は食いついてくるだろう。

〈一石二鳥、それもとんでもなく大きな獲物が手に入るぞ〉

クルマの中でそう考えると、黒川の全身の血が活発に巡り、連日の立件準備で蓄積された疲労は吹き飛んだ。

〈儲かる！　それも確実に。これで途轍《とてつ》もないカネを手に入れることが出来る！〉

その夜、自宅に戻っても黒川は興奮で一睡も出来なかった。そして、夜が明けるとすぐに、横浜行きの汽車に飛び乗ったのだ。

翌週の月曜日、帝国ホテルのロビーでステファン・デルツバーガーと落ち合うと黒川悦男はホテルの玄関から一緒にタクシーに乗った。手には黒い大きな風呂敷包みを持っている。タクシーは兜町の山一證券の裏口前に停《と》められ、二人はそこから三階の応接室に入った。まず出てきたのは「検察筋」売買を担当する黒川の馴染《なじ》みの営業担当者だった。

黒川が黒い包みを開くとSZKと白抜きされた風呂敷包みが現れ、それをさらに開くと帝人の株券が現れた。

ステファンはまだ何も聞かされていなかった。どうやらそこが証券会社だということは分かったが、検事の黒川がそこで何をしようとしているのか皆目見当がつかない。

黒川は馴染みの「検察筋」に詳しく説明した。「検察筋」は全てを理解し、黒川が張る大相場への協力を約束した。

その後、「検察筋」は社内の別の人間を連れてきた。「外国部」に所属する「検察筋」が信頼する人物だと言った。男は流暢《りゅうちょう》な英語で自己紹介をした。

そこで初めてステファンは黒川から事情を説明された。

ステファンは驚いた。しかし、頭の回転の速いステファンはすぐに理解した。

この黒川という男が検察の情報を利用して株で儲けようとしている。それは絶対に確実な儲けだと言う……確かにそうだろう……。そして、外国人としての自分の名義を使いたいというのも理解出来る。表立って検察官が立場を利用しての株での大儲けは都合が悪い。

どうする?……確かに悪い話ではない。

考えるステファンの顔を全員が見つめた。

「二割だ、プロセキューター・クロカワ。僕の取り分は二割にして頂きます。それと、確、、、、実に儲かるという証拠が何か欲しい。その条件でどうですか?」

黒川は、蛇のような目をして微笑んだ。

「いいでしょう、ミスター・デルツバーガー。お互い良い取引相手になりそうだ」

その日、株式市場は上げ相場らしく売買を取り次ぐ階下のフロアーから何度も大きな歓声や拍手が立ち昇ってきた。

その夜、帝国ホテルのステファンのもとに黒川悦男から大きな封筒が届けられた。開封すると一冊のノートが出てきた。SZKのマークが入ったノートだった。
日本語がびっしりと書かれていてステファンに内容は分からない。
黒川からのドイツ語の手紙が添えられている。それによると、そのノートに記された帝人株を巡る犯罪の捜査を検察が行っていて間もなく帝人取締役の大量検挙が始まる。その結果、帝人株の暴落は必至で、我々は確実に儲けを得ることが出来るとしていた。その大事な証拠のノートをステファンに手渡すことで自らの「義」を示したと書いていた。黒川は
ステファンはその黒川の手紙と日本語のノートを証拠として信じようと思った。

だが、信じることが出来ないものがあった。

株式市場だ。

裏の情報を知っているだけで、本当に「絶対確実な儲け」を得ることが出来るのだろうか？　市場は本当にそんな人間達の思惑に沿って動いてくれるのだろうか？

スイス人、ステファン・デルツバーガーは、不安な気持ちを捨てきれずにいた。

◇

昭和九（一九三四）年四月。

昭和最大の疑獄事件、『帝人事件』は始まった。

検察当局は、台湾銀行頭取の島田茂、元台湾銀行理事で帝人社長の高木復亨ら台湾銀行関係者と、永野護、河合良成、長崎英造、小林中ら番町会関係の財界人を次々に拘引逮捕した。

続いて五月、大蔵省次官の黒田英雄、銀行局長の大久保偵次《おおくぼていじ》ら大蔵省関係者を召喚逮捕していった。

大衆は一連の逮捕を喝采《かっさい》で迎えたが、ある気味の悪い事件がこの直前に起こっていた。

『「番町会」を暴く』で世間を沸騰させていた時事新報の社長、武藤山治がキャンペーン真っ最中の三月十日に射殺されたのだ。

番町会とは全く関係のない人間の個人的恨みによるものだったが、犯人がその場で自殺したために様々な憶測を呼んだ。当然のように時事新報はそれが番町会の策動であるかのように報道した。

河合良成は雑誌『経済往来』に公開状という形で武藤への猛烈な反論を行っていたために、事件との関連を疑われ警察の事情聴取を受けていた。

そんな前哨戦から始まった『帝人事件』の展開に大衆は固唾《かたず》を呑んだ。

どこまで逮捕者が広がるのか？　何が明らかになるのか？

一般大衆からカネを絞り取り続ける悪徳商人たちが政治家や高級官僚を操って濡《ぬ》れ手に粟《あわ》の儲けを貪《むさぼ》ってきた……ところが、その悪だくみは白日の下に晒《さら》され巣窟にいた悪漢どもは一網打尽……その快挙を行ったのは我らが正義の検察と、大衆は快哉《かいさい》を叫び、さらなる検察の追及を望んだ。

そんな状況下、番町会の主宰、郷誠之助は河合良成の言葉通り沈黙を守っていた。いや守らざるを得なくなってしまっていた。

司直の手が郷の政官財全ての人脈に及んだために動こうにも動けず、万事休すの状態に陥ったのだ。

〈助けたくても助けられない〉

自分が漠然《ばくぜん》と不安に感じたことが現実になっていた。

郷は番町の屋敷の小振りの応接間にひとり座っていた。

アンナの肖像画を見つめながら、自分が育てた者たちの力と運を信じようと思った。

そして、この事件の結末が最悪のものとなるか否かは、トラブルシューター・河合良成に掛かっていると、強く感じながらその前途を祈った。

6　ブラックホール

ほんの数分だったようだ。

短いがズンと深い眠りに墜《お》ち、そこから戻った時、河合良成は自分が一体どこにいるのか分からなくなっていた。

轟々《ごうごう》と呻《うめ》き声とも唸《うな》り声ともつかないものが重なっては響き、獣のような臭《にお》いが鼻を刺してくる。周りには何人もの見知らぬ人間がいびきを立てて泥のように眠っていた。

真夜中を過ぎているようだったが、煌々《こうこう》とした照明がその光景を映し出していた。

子供が着るようなセル絣《がすり》に兵児帯《へこおび》をした禿頭《とくとう》の中年男、薄いワイシャツ一枚で一体どこを転げ回ったのか全身泥だらけの若いチンピラ、こめかみに貼られた絆創膏《ばんそうこう》に血が滲《にじ》んでいる男。他にも風体のまともではない人間が数人、放置されたように蹲《うずくま》っていた。

グレー・フランネルの三つ揃《ぞろ》えをきちんと着こなした河合の姿は、そこでは異様だ。

銀座の裏通りにでも寝てしまったのか、それともこれは夢なのか？

河合はズボンのポケットからハンカチを取り出し額の汗を拭《ぬぐ》った。薄く糊付けされアイロンで丁寧に畳み仕上げされている上質綿からは、紛れもなく河合の日常の匂《にお》いと感触がする。夢ではなく、銀座の路上にいるのでもなかった。

目覚めた河合の眼の先には、はっきりと太い鉄格子が鈍い光を放っていた。

そこは動物園の猛獣の檻《おり》そのものだった。

河合は自分が警視庁の地下牢に収監されたことを思い出した。周りにいるのはスリや泥棒などの犯罪者たちだ。ついさっきまで、そこでは盆暮れの荷物集配場のように、ひっきりなしに人間が出し入れされ、その度に怒号と悲鳴が飛び交っていた。

「旦那《だんな》、一体何をやらかしたんだい？」

檻の中に放り込まれた時、胡麻塩《ごましお》頭を短く刈り込んだ初老の痩《や》せたヤクザが訊《き》いてきた。盲縞《めくらじま》の着物の、はだけた胸元から入れ墨が見えた。河合は答えることが出来なかった。

何か考えようにもそんな余裕を与えない突然の状況に混乱していた。怒りや悲しみもない。感情はまだ追いついていなかった。

そして、時間が経《た》って落ち着きを取り戻した後でも、自分が犯罪者の坩堝《るつぼ》の中にいる理由は、どうしても見つけることが出来ない。

それは、昨日の朝のことだ。

昭和九（一九三四）年四月十八日。

薄曇りで寒かった。

渋谷区松濤《しょうとう》の閑静な住宅街にあるニュー・イングランド風の洋館が河合良成の自宅だった。瀟洒《しょうしゃ》な建物の多い松濤でもその趣《おもむき》は際立っている。屋根には緑色のスパニッシュ瓦《かわら》を葺《ふ》き、外壁は白塗壁で二階建てになっていた。

玄関脇のテラスのある食堂で、河合は妻と差し向かいで朝食をとっていた。

英国製の淡い赤の市松模様のテーブル・クロスが掛けられた食卓には、京橋・明治屋から取り寄せたバターやマーマレード、そしてダージリン・ティーが入った白磁のポットが、温められたティーカップと共に置かれている。受け皿にはレモンが添えられていた。

夫婦各々の前にオムレツが出された。大振りのピッチャーから女中の手で河合のグラスに牛乳が注がれ、次いで紅茶が銀製の茶漉《ちゃこ》しを添えて丁寧に入れられた。奥の厨房《ちゅうぼう》では別の女中がトーストを焼いている。

「今日は散髪に銀座へ出る予定なんだが、何か買ってきてあげようか？」

河合はオムレツにナイフを入れながら言った。

「あら！　嬉《うれ》しい。甘えて宜《よろ》しい？　じゃあ、資生堂でオイデルミンをお願い出来ますかしら、殿方には申し訳ない？」

「いや、僕はあの店の雰囲気は嫌いじゃないからね。赤い化粧水だったね」

妻は地味な絣の銘仙に薊《あざみ》の模様の普段帯姿でいる。山陰地方の素封家の娘で贅沢《ぜいたく》が身についていたが、生活のけじめはきちんと守る女だった。結婚して二十年が過ぎたが夫婦仲は良く、男女それぞれの子宝にも恵まれている。

子供達はみな登校した後で、河合が出勤する前の夫婦二人の穏やかな朝の時間だった。純白のリネンを纏《まと》い籐《とう》の籠《かご》に載せられてトーストが運ばれてきた。その時、朝にしては珍しく玄関の呼び鈴が鳴った。

応対に出た女中が顔色を変えて戻ってきた。

「旦那さま。このような方がお二人……」

女中から渡された名刺には、警視庁、警部とある。河合は玄関に出た。

吹き抜けとなっている玄関には、薄手のコート姿の二人の男が立っていた。

ひとりが河合に名前を訊ね、本人であると分かると、おもむろに書類を差し出して見せ鋭い声で告げた。

「帝人株仲介に関わる背任容疑だ。警視庁まで同行願おう」

無言のまま、数秒の時が流れた。

「いま、食事の最中ですので暫時お待ちを」

河合は、そう言いおいて食堂に戻った。

妻は、蒼白《そうはく》になって立ち尽くしている。

「何かの間違いだよ。すぐに戻ってくるから、心配しなくていい」

河合は優しく言葉をかけて食卓につき、まだ温もりのあるトーストに分厚くバターを塗りマーマレードを載せて口に運んだ。ことさらゆっくりと、自分を落ち着かせるように食べた。

妻は立ったまま、それを呆然《ぼうぜん》と眺めていた。

警視庁地下牢での一夜が明け、河合は指紋採取と写真撮影を終えると暗い部屋で待たされた。

たった一夜、牢屋に入れられただけだったが、目は窪《くぼ》み頰《ほお》はこけてしまっていた。長い時間待たされた後、河合は市ヶ谷刑務所への移送を告げられ、手錠を掛けられてクルマに乗せられた。

車窓から見えるお堀端の景色が奇妙なほど明るい。殆《ほとん》ど眠っていないことによる感覚異常のようだった。河合は眩《まぶ》しげな眼をして妻や会社の者が駆けつけていないかと探してみたが、そんな気配はなかった。

葉桜の連なりだけが目の前を過ぎていく。

一体これからどうなるのか、何が起こるのか。河合は腹の底に経験したことのない重い緊張を覚えた。全てが突然の出来事なのだ。非日常の恐怖が次を予想させる余裕を与えてくれない。河合は項垂《うなだ》れるしかなかった。

クルマが市ヶ谷見附の橋に差し掛かった時、同乗の係官が話しかけてきた。

「市ヶ谷に着くと……しばらくはまともなものが食べられません。どうです？　到着前に何か食べていかれては？」

河合は顔を上げ隣の係官を見た。

「いや、こんなことは誰にでもするわけではありません。ただ、あなたのような方がこれから刑務所に入られることを思うと……」

その意外な言葉で、河合は自分を取り戻した。すると、昨日の朝以降、水以外何も口にしていないことを思い出し空腹を感じた。

「お言葉、痛み入ります。では、どこか適当なところで」

陸軍士官学校前に蕎麦屋《そばや》があった。その前でクルマが停《と》められ、手錠を外された河合は係官と一緒に入った。

鴨南蛮《かもなんばん》を注文し、「あなたも、どうぞ」と係官に言うと、「さすがに、それは……」と固辞された。

「これでしばらく、浮世《シャバ》の飯とはお別れということなのですね」

少しおどけて言うと、係官は何とも言えない表情になった。それを見た河合は、「この顔は一生忘れないだろうな」と思った。

市ヶ谷刑務所に到着後、河合はまず素っ裸にされ屈辱的な身体検査を受けた。そして、襟に「三六五」と番号札が縫い付けられた未決囚用の青い着物に着替えてから寝具を担がされ独房に入った。三畳に便所が付いている。

昨日から人生で経験のない悪臭の連続だったが、独房のそれは特別だった。便器には、いつのものとも知れない排泄物《はいせつぶつ》がこびりついている。

夜になって食事が出された。

麦飯に魚が添えてある。飯は硬く魚はどろりとして食えたものではなかった。蕎麦を食べておいて良かった、と一瞬思ったが、これからこの食事が続くかもしれないと思うと寒気がした。

ひと月前、日光へ家族でスキー旅行に行った時に、金谷ホテルで食べた虹鱒《にじます》のソテーを思い出し、涙がこぼれた。

まだ何の取り調べも始まってはいない。

何故自分が犯罪者とされるのか納得がいく理由は何もない。しかし、異常な事態に翻弄されるままでも時間は過ぎ、感情がようやく状況に追いついてきた。家族のことを思うと不安が増幅し哀しみも湧《わ》いてしまう。なるべく考えないようにした。

もう一度、食事の盆を引き寄せ、麦飯を口に入れて噛《か》んでみた。あまりの不味《まず》さに唾液《だえき》が出てこない。それでも噛み続けた。

噛んでいる間は考えないで済む、そう思うしかなかった。

◇

河合は松濤の自宅のベッドで微睡《まどろ》みの中にいた。ニュー・イングランド風の屋敷の二階南側が夫婦の寝室になっている。

何とも快い感触に包まれていた。全《すべ》てが温かく柔らかい。枕《まくら》も布団もマットレスも真綿のような感触だ。レースのカーテンを通して優しい朝の光が降り注いでいた。

妻が静かな寝息を立てて眠っている。

河合はその首筋に顔を寄せてみた。

妻は眠る前にゲランの『夜間飛行』をほんの僅《わず》か、微《かす》かに匂《にお》うよう耳の後ろにつける。

河合はその芳香に安らぐ筈《はず》だった。

「……」

酷《ひど》い異臭がする。

何かが腐ったような尋常でない臭いを妻が発していた。

「どうした！」

河合は妻の身体《からだ》を揺さぶった。

薄いベージュのシルクの夜着をつけた妻は目を開けずじっとしたままだ。

河合は懸命に妻を揺さぶった。揺さぶれば揺さぶるほど悪臭は強くなり、あまりの臭いに気が遠くなっていく。河合は息をしようと必死に喉《のど》を掻《か》きむしった。

寝汗で身体中がびっしょりと濡《ぬ》れている。夢の中の悪臭は、まだ続いていた。口の周りから首筋が冷たい。眠っている間に嘔吐《おうと》した物がびっしりとこびりついている。

「便所は枕元にあるのに」

目覚めぬ自分を恨めしく思った。

そこは、市ヶ谷刑務所の独房だった。

逮捕収監されてから一週間、河合は酷い消化不良を起こしていた。不味い刑務所の食事を懸命に腹におさめていたが身体が受けつけない。下痢と嘔吐を繰り返し体重は激減していた。

肉体の変化は精神にも影響を及ぼした。異常に精神が高揚し頭が冴《さ》える時間と何も考えられずただ絶望に浸る時間が交互にやってくる。頭が冴えている時には、懸命に何故自分がこんな状況に置かれているのかを考えた。

自分が何をしたのか。何もしていない。

自分のしたことに犯罪の構成要件を満たすものがあったか。何一つない。だが独房という環境の下では無実への確信は安心ではなく、この世の全てのものへの疑心暗鬼に繋《つな》がった。

絶望に苛《さいな》まれる時には家族のことを思った。

妻の顔、子供達の顔、家族で出掛けた旅行での出来事を思い起こした。そうしなければ、死の誘惑に負けてしまいそうだった。

このまま衰弱していけば本当に死ぬ。それでもいいと、本気で考えることもあった。

そんな時、河合はふとある健康法を紹介した新聞記事のことを思い出した。馬鹿馬鹿しく感じて自分は実行する気になれなかったが、妻は真剣に胃弱の娘に実践させていた。

それは小石川の大迫某が提唱した、一口の食物を三十五回以上噛んで食べる完全咀嚼《そしやく》運動だった。徹底的に咀嚼することで胃腸の機能を助け消化吸収を促進させる。大迫某は完全咀嚼同盟なるものまで結成し健康法として普及を図ろうとしているということだった。

河合はこれをやろうと決心した。

薬も与えられずこのままの状態が続けば確実に死がやってくる。消化機能の低下が明らかな河合は提唱の回数の五倍を目途に決め、一口で百五十回以上噛むことにした。

健康な人間でも実行するのは大変だが、体力の衰えた者にとってその回数は苦痛を通り越している。しかし、河合は実践した。無心で回数を数え硬い麦飯や不味い魚を噛んでいった。それは食事というより行だった。噛み続けていくと顎《あご》の筋肉の感覚が麻痺《まひ》し、へらへらとしただらしない表情になる。鏡に映った自分は阿呆《あほう》にしか見えない。

馬鹿なことをしているかもしれない。

そう思うと河合は急に自信を失った。トラブルシューターなどとおだてられたりしたが、本当の自分はただの頭の悪い男ではないか。涙がこぼれた。

そして、東京帝国大学に入学した当時のことが思い出された。四高出身の河合は一高出身がのさばる大学生活に馴染《なじ》めず落ち込んだ。思い切ってその心境や近況を綴《つづ》った手紙を四高の恩師に送ると、丁寧な返事が来た。

その手紙は今でも大切に取ってあり、暗唱することも出来る。

拝啓　御手紙を拝読し非常に愉快に感じ候。先日も御手紙下され御返事申し上げんと存じ居ながら計らずも失礼致し候。今度の御手紙の趣、一々大賛成に御座候。特に偉大なる凡人主義は賛成に候。君は独歩の運命をよみしや。何卒この心を変ぜず折角御勉強の程、祈り奉り候。

自分は非常に頭が悪いように感ずるとの御話に候が、人が本気に事をやり出すとかかる事は誰でも感ずる者と存じ候。外より見て居れば出来そうな事でも、さて自分でやって見ると中々に六ヶ敷きものと存じ候。小説や画の批評は誰もするが、さて自分がやって見ると容易のものにこれなく候。小生なども筆をとりて紙に臨むや、常にかかる事を感じ居り候。しかし此処で挫折してはダメと存じ候。どうでもして此処を破れば又一寸と自分の得力を自覚する所これあるべく候………。

西田幾多郎からの手紙だった。

河合は四高時代に西田から倫理学とドイツ語を学び、西田が主宰する私塾にも通った経験があった。その後日本を代表する哲学者となる西田が若き日に、同じく若き帝大生の河合に宛《あ》てた手紙だ。

河合は噛む時に西田の文を頭の中で暗唱することにした。全文を暗唱すると百五十回以上の咀嚼になった。

これを延々と繰り返すこと数日、河合は体調の変化に気がついた。下痢や嘔吐は止まり、一週間ほどで体重が増え始めた。血の巡りが良くなったのを実感し、体力の回復は気力の充実にも繋がっていった。

ちょうどその頃、河合への尋問は予備的な段階から本格的なものへ移ろうとしていた。

河合は検察との戦いに備えた。

◇

昭和九（一九三四）年五月二日。

市ヶ谷刑務所の独房で朝食を済ませた河合良成は看守に外に出るように命じられた。完全咀嚼のお陰で、痩せてはいたが健康体を回復している。

独房の外に出ると手錠を掛けられ編笠《あみがさ》をかぶせられた。そして、他の囚人たちと数珠つなぎにされ護送車に乗せられた。扉で密閉されガソリンの臭いと囚人の体臭が充満した車内は地獄だった。酷い臭いにずっと鼻をつまんでいると、酸欠で貧血を起こしそうになる。到着し扉が開けられただけで天国のように思えた。

河合は検事の待つ部屋に連れていかれた。

河合良成は取調室までの廊下を歩きながら考えた。帝人株の問題は商取引の問題だ。きちんと説明すれば誰にでも分かる筈だと改めて思った。

河合は東京株式取引所にいた頃から東京帝国大学で取引所論や株式取引・経済に関しての特別講義を十五年にわたり続けていた。株取引に関して、自分は専門家《プロ》中の専門家《プロ》なのだ。そう自分自身に言い聞かせた。

取調室は六畳ほどの広さで奥に小さな窓はあるが暗かった。電灯の笠の下、鋭角の明かりの中に机があり男が二人座っていた。取り調べの検察官と書記の事務官だった。河合は手錠を外され粗末な木の丸椅子《まるいす》に座らされた。

ワザとなのか椅子の足が不安定だった。机の上には様々な書類と一緒に河合の著書も置かれていた。

河合の目の前の検察官はダークグレーの三つ揃えに髪を油で綺麗《きれい》に七三に整えた木目込み人形のような顔立ちの男だった。

河合より若い。四十代前半に見えた。

男は主任検事の黒川悦男と名乗った。

「君は大したことはないよ」

いきなり黒川はそう言って微笑《ほほえ》んだ。

河合はその言葉を自分が犯罪とは関係していないとの意味にとって、少しほっとした。しかし、全くそうではなかった。

「君は自分がエリート中のエリートだと思っているだろうが、君など大した、ものではないんだよ。どうだい市ヶ谷の生活は？　あれが紛れもない今の君の現実だ。法を犯すということはそういうことなんだよ」

喉の奥が熱くなった。これが取り調べなのだと覚悟を新たにして河合は腹に力を入れた。

「私は何一つ法など犯していません」

感情を抑えて、河合はそう言った。

「私が何をしたか言って下さい。私も長年帝大で教鞭《きょうべん》を執ってきた人間です。何が犯罪で何がそうでないかは分かるつもりです」

黒川は河合の言葉を無視して言った。

「それにしても松濤の君の屋敷は立派なものだなぁ。どうやったらあんなお屋敷に住めるんだい。あぁそうか。君は事前に上がる株が分かるから、大儲《おおもう》けが出来るんだったな。俺にも教えてくれないか……必ず上がる株を」

「そんなものはありません。株価は神のみぞ知る、です」

その河合の言葉にも黒川は反応しなかった。

黒川は両手の指を組んで書類の上に載せていた。そしてその指を蝶《ちょう》の羽のように動かし、じっとそれを見つめながら言った。

「もう、全て分かっているんだよ。君たちのやったことは。これから君のやるべきことは簡単だ。こちらが既に調べたことにそうだと言えばいいだけなんだから。そうすればすぐに松濤のお屋敷に帰れる」

言い終えると視線を上げ、河合を見て笑った。その顔は自信に満ちている。

この笑顔はブラフだ。これが世にいう検事のトリックなのか、と河合は思った。このまま検事のペースに乗せられてはいけない。河合は流れを変えた。

「私の本を、読んで下さったのですか？」

黒川は一瞬不意を衝かれたような表情をしたが、机に置いてある『国家改造の原理及其実行』をちらりと見て、再び笑顔を向けた。

「あぁ、なかなか良いことが書いてある」

ようやく、黒川は河合に言葉を返した。

黒川は本を開き、声に出して読んだ。

「国家は現状ではいかぬ、何とか改造しなくてはならぬ、如何しても改造すべきである。資本主義は此の儘では何処へ往くか分からぬ、今の中に手綱を締めねば奔馬の行先が心配である。国家改造に関して、一番欠けているのは、実行的指導指針であろう……。いい気なもんだな。表面ヅラは国を思うふりをし、裏では国家を食い物にして私腹を肥やしていく。お前たち財界人のやり口には恐れ入るよ」

黒川の言葉に底知れぬ冷たさを感じ河合は生唾《なまつば》を呑み込んだ。そんな河合を黒川はじっと見つめながら言った。

「天下の革正は我々がやるさ。大蔵省も鉄道省も腐っている。官吏で腐っていないのは俺達だけだからな」

そう言ってニヤリと笑った。

「私は腐ってもいないし、法に触れることもしていない。何故私がこんなところにいなくてはならないんですか？」

河合は心を落ち着けることに神経を集中させた。語気も荒らげないように注意している。

「経済とは何かね？」

突然、黒川はそう訊いてきた。河合は黒川が何を聞きたいのか分からなかったが、帝大での講義で必ず用いるフレーズを冷静に述べた。

「人、物、カネの流れです」

「物、カネを動かすものは何かね？」

間髪を入れず黒川は訊《たず》ねた。

「人です」

「ということは……経済とは人ということだな」

「ある意味、その通りです」

「人を動かすことが出来れば経済は支配出来る。そういうことだな」

「その三段論法には無理があると思います。人は物やカネに動かされる。つまり三者の相互作用で成り立つのが経済です」

河合は冷静に言った。

「カネが人を動かす。そこに殆ど全てがある。そうじゃないのかい？」

黒川の言葉に河合は詰まった。

「俺はそう思っているんだ。しかし、本当に強い力の前ではカネも無力だ。カネは所詮《しょせん》有限だろう。しかし、人間の創り出した観念、中でも法は無限だ。使いようで無限の力を発揮する。法を操る力を握った者こそが、この世で最強だ。だから俺は早く検事総長になりたいんだ」

蛇のような目をして冷静な口調でそう言う黒川を河合は以前見た記憶があるように思った。

「これから、えらいことになるで……」

初めて天一坊に会った時のことを思い出した。そこで河合は冷静になった。自分の土俵に早くこの男を上げなくてはならない。

「私が関係した帝人株売買の仲介は、その法の下での完全無欠の商行為ですよ。一体どこに犯罪の構成要件が存在するんですか?」

河合は商法上の具体的な議論に持っていこうとした。語気を強めた河合に対して黒川は落ち着いた口調で応じた。

「ほぉ、君はまだ自分が犯罪者ではないと思っているのかい?」

そう言う黒川を河合は強い視線で見据え、早く具体的な事例を出せと、身構えた。

黒川は座ったまま、大きく体を後ろに反らした。首から上が明かりの外に逃げて見えなくなった。そして、身体を戻した黒川は河合を見下ろすように顎を上げ目を細めて言った。

「もう、全部あがっているんだよ。君たちの犯罪の証拠は。君の仲間の自白も取れている。そして……物証も見つける」

「自白?　物証?」

河合は訳が分からなくなった。

独房に戻ると、河合は、ぐったりと横たわった。肉体は鉛のように重いが頭は冴えている。今日、黒川という検事が言ったことは一言一句、全て思い出すことが出来た。

それにしても、分からない。

自白や物証という言葉だけを残して、黒川は今日の尋問を止めた。それが、河合に重く圧《お》し掛かっていた。

一体何のことだ？　何があったというのだ。

河合は冴えきった頭の中で考え続けたが、何も浮かんでは来なかった。ただ、今までの自分の想定を遥《はる》かに超えた何かが起こっているのは確かなようだった。

河合の目の前を、天一坊が歩いていく。

河合は重い身体をひき起こし、それを捕まえようとした。

独房の羽目板の穴から、のそのそと何匹も這《は》い出てくる南京虫を河合は天一坊と名付けていたのだ。下膨れの姿がそっくりだった。

「本物の天一坊はいつも黒の羽織だったが、お前たちは赤い着物だな」

殺生が苦手な河合は、赤い南京虫を摘み上げては背伸びして、鉄格子の付いた高い小窓の外へ逃がしていた。

ただ何故かその南京虫は黒い色をしていた。

「帝大出ぇの常務はん。あんたなんで、こんなとこにいてますんや？」

耳元でハッキリ聞こえた。天一坊の声だ。

「あんた、帝人を乗っ取ろうとしてたんとちゃいまんのか？」

虫は河合の掌《てのひら》で、じっとしている。

嫌な汗が出ていた。

◇

河合が取調室を出ていった後も黒川悦男はひとり残っていた。

過去数週間の間に自白させた連中とは違う手強さを短い時間ながら黒川は河合に感じていた。

「やはり、後回しにして正解だった」

黒川はここまでの自分の立てた捜査手順の進め方に改めて満足をした。黒川は河合の資料にもう一度最初から目を通していった。

「そうか、河合も四高だったな」

黒川悦男は岐阜に生まれ、愛知一中から四高を経て京都帝国大学に学んだ。河合良成は黒川の四高の先輩に当たる。河合の在学中、西田幾多郎が四高にいることに黒川は気がついた。

黒川は『善の研究』を読んで西田幾多郎に憧《あこが》れ文学部に入り西田の哲学講義を受けたが、三年の時に法学部に転部して独法科を卒業している。哲学で飯は食えない、という現実と実社会を法で支配する法曹《ジュリスト》に魅力を感じたからだった。

黒川は、京都での学生時代を思い出した。

黒川の今の仕事を決定づけたのは京都だった。それは、ある人物との出会いによる。

大正九（一九二〇）年の春のことだ。

最終学年が始まった四月、黒川はその日の授業の後、花見を兼ねて東山の蹴上《けあげ》から銀閣寺までの疏水《そすい》沿いの道へ散歩に出た。

地元の者が「疏水べり」と呼ぶ道だった。

学生としての生活は残り一年となったが、年齢はもう二十八だ。随分長く学生をやったものだと黒川は桜が咲き誇る疏水べりを歩きながら考えていた。

法曹になることは決めていたが、裁判官か検事か弁護士か、道はまだ決めかねていた。

黒川の思いは常に物質的な成功と社会的名声の獲得に向けられていた。哲学から法律に転向したのもそのためだ。

哲学科に在籍していた頃には株に興味を持ち、四条河原町にある株屋に出入りした。

そこそこの儲けは得ていたが、確実に儲かる術が見つからない相場というものに、黒川はのめり込むことはなかった。黒川は株には必ず儲かるからくりがあると思っていた。政府高官や財界の人間達はそれを利用して儲けているに違いないと信じていた。

自分が出世してそんな立場になって相場を支配したいと本気で思っていた。

しばらく疏水沿いを歩いてから道を右に折れ、坂を上っていった。そして、山沿いに道を進むと法然院の総門が見えてきた。

総門の下の石造りの階段を上りきると、しんとした山深さを感じる。総門をくぐると参道になる。参道の石段には名残となった椿《つばき》の赤い花弁が少しばかり散らばっていた。茅葺《かやぶき》の瀟洒な山門をくぐると白砂壇が目に飛び込んでくる。その日は水面の波紋を象《かたど》った文様が描かれていた。その先にある放生池に掛かる石橋を渡ると本堂だった。

本堂はいつも障子で閉ざされていた。本堂を背に階段に腰を掛け、東山の山裾《やますそ》を眺めるのが黒川のお気に入りの時間だった。

が、その日は先客がいた。

三十半ばくらいの男だ。黒川には見覚えがあった。昨年の夏に東北帝大から西田幾多郎の招聘《しょうへい》を受け京都帝大の文学部に助教授として赴任してきた田辺元《たなべはじめ》だ。東北帝大が欧州留学の厚遇を出して引き留めたが「西田の他に師なし」と断ったと評判だった。

田辺は本堂の前で佇《たたず》み、黒革の手帳に何やら熱心に書きつけていた。

黒川は声をかけた。

「田辺先生でいらっしゃいますね？　私、独法科四年の黒川悦男と申します」

田辺は顔をあげると、きょとんとした表情になった。

「えっ？　何か言われましたか？」

凄《すご》い集中力で書きものをしていた様子で、黒川の言葉は何も耳に入っていないようだった。

「田辺先生……ですよね？」

黒川は改めて言った。

「いかにも、あなたは？」

黒川は改めて挨拶《あいさつ》をし、かつて哲学科に在籍し西田幾多郎の授業を受けていたことを語った。

「ほう、哲学から法律に移られたのですか」

田辺は手帳を閉じて、黒川を見た。

自分が歩んだ道とは逆の道を選んだ学生に興味を持ったのだ。

田辺元は、明治十八（一八八五）年、開成中学校長、田辺新之助《しんのすけ》の長男として東京・神田に生まれた。東京府立四中から第一高等学校の理科を首席で卒業し、東京帝国大学の数学科に入学する。理系の俊英だった。

しかし、翌年、文科の哲学科に転科してしまう。科学や数学に限界を感じたからだった。

しかしそれは、自分の理系の能力に限界を感じたためではなかった。

「数学や科学ではこの世の真実を解明出来ない」

二十歳の天才はそう悟り哲学の道に入ったのだ。

大正三（一九一四）年、東北帝国大学の理学部で講師を務めている時、『哲学雑誌』に「認識論に於ける論理主義の限界」を発表する。それが西田幾多郎の眼にとまり、京都帝大への招きに繋がっていた。

二人はその場で、しばらく話し込んだ。

東山の夕暮れを鴉《からす》が啼《な》きながら飛んでいく。

「どうです、今から我が家に来ませんか？」

田辺はそう誘い、黒川は喜んで従った。

永観堂にほど近い場所に、新しく建てられた二階長屋があった。田辺はその一軒を借りて妻と二人暮らしをしていた。柔和な笑顔のお内儀《かみ》に黒川は迎えられた。

江戸っ子の夫婦にとって、京都は住み易いとは言えない。受け入れているようで根っこでは拒絶する京都人との付き合いに家内は苦労していると田辺は語った。

「京都人の難しさは我々にとっても同じです」

岐阜出身の黒川も京都人は理解出来なかった。むしろ近隣の人間の方が京都の人間の難しさを強く感じていた。

「でも、それが哲学を育《はぐく》む環境かもしれませんね。ソクラテスはクサンティッペという悪妻の存在のお陰で哲学が出来たように、京都人という難しい存在に囲まれることで自然と哲学が出来るようになる。それが京都にいる強みかもしれない」

そう言って笑った。田辺は学生である黒川に対しても敬語を使う。だが、そのことが逆に黒川を緊張させた。

京都人は決して本音を言わないという話を黒川がすると、

「地域の歴史性でしょうね。京都は長くこの国の都だが、都を治める実権を持った君主はころころ替わっていった。本音で京都に暮らそうとしたら、首が幾つあっても足りなかったでしょう。だから、本音は決して言わないことが習い性となった。地域が歴史に翻弄された証拠ですね」

田辺はそう言った。

牛鍋《ぎゅうなべ》の用意がされた。

東京のような白葱《しろねぎ》がないので薄く斜めに刻んだ「ざく」がつくれない、お内儀はそう言いながら九条葱を二寸ほどの長さに切ったものを山盛りにして運んできた。

「お肉が安いのは助かりますわ」

お内儀は竹の皮に包まれた赤身の牛肉を卓袱台《ちゃぶだい》の脇に置くと、中の牛脂を箸で摘み、七輪の上で熱せられた鍋に入れ脂を回した。

そして、牛肉と葱を炒《いた》め、醬油《しょうゆ》や砂糖に酒を加えて器用に煮込んでいった。

「あと、豆腐が美味い」

田辺は采《さい》の目に包丁の入れられた木綿豆腐を手ずから鍋に入れた。京都は地下水の良さから良質の豆腐が手に入る。

その関東風の牛鍋は、格別に美味かった。

燗酒《かんざけ》が出され、田辺と黒川は酌をし合いながら楽しんだ。黒川は学生と言っても歳は二十八で、田辺とは七つしか違わない。田辺は黒川を友人のように感じていた。

しかし、黒川の方は時間が経つほど田辺の頭抜けた思考能力に圧倒されていった。

「さきほど法然院で熱心に書きつけをなさっていましたが、あれは?」

黒川は満腹と快い酔いを感じながら田辺に訊ねた。

「あぁ、日記ですよ。ほら」

と黒革の手帳を懐から出して黒川に渡した。

「拝見してもよろしいのですか?」

「どうぞどうぞ」

黒川が開くと、そこにはドイツ語がびっしりと並んでいた。それは田辺の思索の過程が書き綴られたものだった。所々、数式も混じっている。ただ、ドイツ語に精通している黒川が読んでも理解出来ない文章が多い。

そのことを訊ねると、

「哲学の思索に、ドイツ語はいいですね。造語が作り易いし、自動詞を他動詞にしてみたり、他動詞をわざと自動詞で使って文法を破壊したり出来る。言葉で思索をするのではなく思索から言葉を作れる。便利が良いです、ドイツ語は」

黒川には、にわかに理解出来ないことだった。

そこから田辺は、哲学について語り始めた。

師である西田幾多郎の哲学の独創性とその体系の構築に向けたあり方について、酔いも手伝って熱い言葉が続いた。黒川も西田哲学を学んでいて、田辺の話についていくことが出来た。

「哲学というものが世界の第一原理の探求であるとすれば、それを『無』と捉《とら》えた先生の逆説は絶対的に素晴らしい。『人間－物質』『主観－客観』という西洋哲学が陥った人間中心主義、いわゆる二元論を完全に破壊出来るのだから」

「西田先生は主観が自己の中に客観を包み込むことが出来るのだとおっしゃいますね。それが『知る』ことであると」

「そう、人間の心の最も深いところに潜む『場所』ですね。そこで主観も客観も溶けあう……そこを何ものにも限定出来ない『無』であるとされた。その場所的自覚はヘーゲル哲学をさらに純化されたものだと思う。ただ、最近、自分は間違えているかもしれないが、その自覚が気になってならないのです。一般者の自覚の背後に発生論的構成が見え隠れしているように思えてならない。西洋的な始原が見える。それでは西洋哲学の持つ陥穽《かんせい》と同じです。僕は哲学的思惟《しい》においては直接的なものは全て否定媒介されなければならないと考えています」

黒川は田辺が西田への批判を匂《にお》わせていることに驚いたが、嬉《うれ》しくもなった。黒川自身、理由は違うが西田から離れた人間だからだ。

そんな田辺に黒川は自分の進路の悩みを打ち明けた。ジュリストとして、どの道を選ぶべきか、ということだ。

田辺は盃を持ち上げかけていたのを止めて、少し考えてから言った。

「世界と自己を同一化するように、国家と自己と同一にする。あなたが大義というものを持っているならば、それが可能になる筈です。それに、個人の生命は有限だが、大義のために死ねば永遠に生きられる。そのような人生を選ばれれば、後悔はないのではないですか」

田辺の言葉は強かった。

それは、人を内面から鼓舞させるような強さを持っていた。

黒川は冷静に田辺のいう大義の無限の可能性を考えていた。自分は理想などに殉じたりはしないが、大義なるものを上手《うま》く使えば大衆や社会を簡単に支配出来るのではないかと黒川は田辺の言葉の強さから感じていた。

少し考えてから黒川は言った。

「国家を大義で動かすとなれば、弁護士では駄目ですね」

黒川の言葉に対して、

「普遍ではなく特殊個別な事例を扱う職業ですからね」

田辺はそう言ってから盃を空けた。

「裁判官はただひたすら受け身に特殊な事例を裁くだけで、大義に自らを差し出す……というものではないですね」

黒川が重ねて言うと、

「その通りでしょうね」

と応じた。

「であれば、検察、法を武器に大義正義を国家レベルで実践出来る検察という組織に入るのがいいのでしょうか？」

田辺は何も答えず静かに微笑んだだけだった。

この瞬間、黒川悦男の運命が決まった。

◇

東京地方裁判所検事局、『帝人事件』主任検事、黒川悦男は優秀な検事だった。捜査の段取りや取り調べの順番は事前の人物調査を綿密に行うことで決定していく。落とせる奴から落とす。

落として口を衝いて出てくるものが事実であろうとなかろうと、こちらの欲しいものであればそれでいい。それが黒川のやり方だった。

黒川は、大阪の帝人本社で拘引した社長の高木復亭を、取り調べの一番手に決めた。そして、同僚の枇杷田源介《びわだげんすけ》検事を取り調べに派遣した。

枇杷田は、取り調べで硬軟緩急の術を使い分け、実に巧みに被疑者を「自白」させ、黒川が「求めるもの」を獲得する頼もしい猟犬だった。本来は黒川自身が行きたいところだが、黒川には東京を離れられない理由があった。枇杷田は、それが株の相場だとは夢にも思わない。

その枇杷田の手に掛かる高木復亭は、台湾銀行元理事で帝人株買い取りの際に河合良成の交渉相手だった男だ。上からの命令を守ることへの頑固一徹さに河合は何度も音を上げた。

ただ取引成立後は、その一本気を買われて、帝人の社長に推され就任していた。今年で五十四歳になる。

帝人は、持ち株の一部を手放したとはいえまだ大株主の台湾銀行と、株の売却を仲介した番町会に支配されていたことになる。

黒川検事は高木復亭が胃潰瘍《いかいよう》を患いモルヒネを常用していることに着目した。そして、大阪には「落とす」のに、もってこいの施設があった。

高木は拘引後の四月六日、大阪府庁舎の四階にある部屋に連れてこられた。そこには行李《こうり》が山のように積まれている。中には蓋《ふた》から書類がはみ出したものまである。

高木は係の警部に、

「これは何ですか？」

と訊ねた。

「あぁ、これかいな。これは帝人から押収した証拠物件、帳簿とかや。この部屋に置かれてんのは、ほんの一部やな。他の部屋にまだ三十行李ぐらいあるで」

高木は目の前が真っ暗になった。

こんなに帳簿類を持ち出されたら、会社は仕事が出来ない。

茫然《ぼうぜん》自失となった高木は、そこから地下にある牢まで連れられ中に放《ほう》り込まれた。

そこは、天満署の分室で過酷さで有名な地下牢だった。黒川が高木を大阪で取り調べることにしたのは、その牢の存在があったからだ。

三畳に八人が収容されていて枕は丸太という雑居房だ。天井に小さな窓しかなく息苦しい。

寝る時は全員で横を向き膝《ひざ》を曲げないと眠れない。しかも毛布は虱《しらみ》だらけ。便所に行けるのが三回の食事の時のみで、小便の近い高木は水を呑むのも我慢せざるを得なかった。もちろん一睡も出来ない。

そんな場所に一晩でもいれば正常な人間でもおかしくなる。胃の痛みとモルヒネの禁断症状から高木は肉体も精神も追い詰められた。

翌日から高木は検事の取り調べを受けた。

枇杷田というその検事は顔が小さく頬が痩《こ》け昆虫のような顔つきをしていた。ニコリともしない。

高木はまず事件にまつわる経緯を順次話していった。

「どうも君の話は断片的すぎるなぁ……」

そう枇杷田は不服そうに言い、こういう形で君は事件に関わってきたのではないかと予断を持った尋問ばかりしてくる。そして、それは次第に責めつける口調に変わっていった。

「お前は河合良成から何かをもらった。その見返りに帝人株を安く河合たちに売った。そうだな！」

しかし、高木は事実以外は決して話そうとはしなかった。

「島田頭取には二万円の預金がある。それは河合達から受け取ったモノをカネに換えて作ったに違いない。お前ももらった！　何かもらった！　そうだな？」

高木の返答が枇杷田の尋問を否定したり思惑から逸《そ》れたりすると、枇杷田は高木の頭を机に押さえつけた。

「ちゃんと話せ！　お前の言うことは筋が全く通っていない！」

そんな調子でその日は取り調べが終わり、高木は地下牢に戻された。その夜も眠れなかった。

翌日、フラフラになって取調室の椅子に座った高木は、胃の痛みからずっと鳩尾《みぞおち》を押さえていた。そんな高木に枇杷田は昨日とは打って変わって穏やかな笑顔を見せた。

「君はお釈迦《しゃか》様の話を知っているかね」

そう言って説法を始めた。

「ある時、お釈迦さまに向かって鬼が命をくれと言った。しかし、お釈迦様はまだ悟りを開かれていない時だったので、悟りを開くまで待ってくれと命乞《いのちご》いをされた。そして、悟りを開いた後に鬼が約束通り命をくれとやってきたのでお釈迦様は鬼の腕に飛び込んだ。ところが、そこは蓮《はちす》の台《うてな》だったのだよ」

そう言うと、枇杷田は微笑んで、

「君は検事は鬼だと思っているだろうが、そうじゃないんだよ」

高木はその枇杷田を見て、初めてほっとするような気分を味わい、胃の痛みが和らいだ。

そんな穏やかな雰囲気でその日の尋問が始まった。だが予断を持った尋問に高木がおかしいと指摘すると枇杷田の態度は豹変《ひょうへん》し罵倒《ばとう》の連続になった。

「何時《いつ》まで手数をかけさせるんだ！　手数をかけるといつになっても釈放にならないぞ。河合から何をもらったんだ？」

検事のとる硬軟の態度に高木の精神は翻弄された。しかし、もらっていないものはどんなに苦しくとも「もらった」とは言えないものだ。河合には蕎麦一杯ご馳走《ちそう》になっていない。あるものを「ない」と言うのは易しいが、無から有を創り出すのはどんな状況でも至難の業だ。

「お前は、一昨日《おととい》ここの四階の部屋で見たものがあったろう？」

高木は行李のことを思い出した。

「お前が言わないのなら、さらに帝人の帳簿を引き上げて調べるまでだ。そうすると会社はどうなるのかな」

台湾銀行の理事として組織の利益に忠実に職務を全うしてきた高木だ。

帝人株売却の際「出来る限り高く売って銀行の利益を極大化させる」を第一に交渉に臨み河合にとって最もタフな交渉相手になった。

その責任感は帝人の社長としても同じだ。

帝人からは既にトラック二台分の帳簿が押収されていた。

「おい」

枇杷田が係官に告げると取調室の中に次々と行李が運び込まれ、高木の周りに山のように積み上げられていった。それを見た高木は震え出し目を剝《む》いた。

枇杷田はそのひとつを抱え上げると高木の目の前に帳簿をぶちまけた。

その瞬間、高木は錯乱状態になり叫んだ。

潰《つぶ》れる！　会社が潰れる！　俺の帝人が……。

「で、……何を河合からもらった？」

泣き喚《わめ》きながら高木は混乱する頭で考えつく限りを次々に並べ立てた。河合と会ったのは夏だ。だから……夏の羽織をもらった！

「そんなものじゃないだろう？」

違う、思い出した。商品切手をもらった。ご、五百円。いやっ、千円だ。

「そんなもんじゃないだろう……帝人株だったんじゃないのかい？」

枇杷田の執拗《しつよう》な誘導尋問によって遂に高木は「……帝人株を……三百株、もらった……」と自白をしてしまう。

これこそが、『帝人事件』の筋書きを書いた主任検事、黒川悦男が「求めていたもの」

だった。

◇

高木復亭の虚偽の自白が、昭和の大疑獄事件《スキャンダル》『帝人事件』を成立させた。たった一つの嘘《うそ》の自白がブラックホールとなってあらゆるものを虚の世界に引き摺《ず》り込んでいった。過酷な拷問、いつ終わるとも知れない劣悪な環境での勾留、そして保釈への甘言……それらによって多くの人間から更なる虚の情報が産み出されていった。

検察が用意した培養液の中へ落ちた高木の虚の一滴は激しく攪拌《かくはん》され「筋書き通りの自白」という結晶が複雑な連鎖を作りながら増殖した。

そうして、自白した者たちには「背任」や「瀆職《とくしょく》」「贈賄」、自白しない者には「偽証」という名の、「犯罪」のレッテルが貼《は》られ、起訴に向けた準備が整えられていった。

主任検事、黒川悦男にとって事件の最大のターゲットは大蔵次官の黒田英雄だった。

五十五歳になる黒田は、東京帝国大学法科大学を首席で卒業、大蔵省に入省して順調な出世を遂げその派閥は大蔵省主流派を形成していた。高橋是清の側近で高橋財政を支える大黒柱だ。

取り調べの冒頭、検事の黒川悦男は、

「いやぁ、黒田さん。やっと念願かなってお会いすることが出来ましたなぁ……」

と言った。

二年前、立件出来なかった明糖事件の仇《かたき》を取った瞬間だった。

検察の人間たちはみな官僚として大蔵省にコンプレックスを持っていた。高級官僚になりたくて帝国大学の法学部を卒業しても成績順に大蔵省、外務省、商工省、農林省……と順番に振り分けられ下位の者の多くが検事になっていた。

そんな検察にとって大蔵省トップの逮捕は組織をあげて溜飲《りゅういん》を下げる出来事だったのだ。

主任検事、黒川悦男は検察内で英雄となった。

逮捕された大蔵次官、黒田英雄は優秀な人物だが、アルコール中毒だった。収監直後から禁断症状で朦朧《もうろう》となり、高木よりはるかに手間がかからず、検察側は「求めるもの」を得ることが出来た。

黒田英雄は、「もらった帝人株」の一部を高橋是清蔵相の息子、是賢に渡した……と虚偽の内容を、黒川悦男検事の言うがままに「自白」してしまう。

これによって昭和九（一九三四）年七月三日、斎藤実内閣は総辞職し、直後に中嶋久万吉ら閣僚経験者が召喚逮捕される。

検挙を始めてからわずか三ヶ月で、倒閣という目標の達成だった。

平沼騏一郎からの指示で働いた黒川悦男にとってこれ以上ない完璧《かんぺき》な勝利の筈だった。

しかし、その黒川に儘《まま》ならないものがあった。

ひとつは新しい内閣が平沼内閣にならなかったことだ。

平沼騏一郎を新首相とする内閣案の上奏を受けた天皇が「ファッショの者は如何《いかが》か……」と述べられたことが主因とされている。

黒川悦男が大出世への関門として不眠不休で取り組んだ帝人事件、その立件は成功しながら最重要目標を逸した形となったのだ。

そして、もうひとつ思うようにならないものがあった。

相場だ。

7　ファイナリスト

「どうされます？　今閉じに行くと何とか利益が出るとは思うのですが……」

帝人事件によって斎藤内閣が総辞職となり、「さあ、二の矢三の矢だ！」と検察中が沸き立つ中、山一證券「検察筋」からの電話を黒川悦男は、冷たい汗を流しながら聞いていた。

究極の内部《インサイダー》情報取引といえる帝人株の売買は思うようにいかなかったのだ。

帝人本社への家宅捜索に入る前に仕掛けた空売りは当初こそ思惑通りに行ったものの、その後は黒川の思惑とは逆に株価は反発した。

市場参加者は台湾銀行から天下っている経営層の逮捕など成長商品である人絹の生産には何の影響もないと判断し、絶好の押し目と考えて買いを入れていたのだ。

黒川の帝人株の売り値は百八十一円五十銭だった。四月に事件が公になった直後は株価は百六十九円三十銭まで急落したものの、五月六月と百七十五円前後まで戻して揉《も》み合い、七月に入ると百八十円を超えてきていた。

先物を売り建てたままで、利益の確定をしていない黒川は、みるみるうちに利幅が小さくなっていくのを目の当たりにして焦った。

それは二重の意味の焦りになっていた。「物証」として株券を使おうにも担保から引き出すタイミングを逸していることと、儲《もう》けがなくなることとの焦りだ。

「このまま上がると下手をすると追証《おいしょう》を入れて頂かなくてはなりませんが……」

黒川は活気に溢《あふ》れる検察の中で、追証という言葉に、ひとり背筋を冷たくさせていたのだ。

「分かった。全部今日買い戻しを入れてくれ……あとで数字が固まったら連絡を頼む」

黒川は力なくそう言って電話を切った。

この瞬間、黒川に途轍《とてつ》もない疲労感が襲った。それは、過去半年の不眠不休の激務の蓄積から来るものだった。

しかし、場が引けてから掛かってきた「証券筋」の電話に黒川は呆然《ぼうぜん》とする。

「今日は商いが薄くて買い戻しが高値追いになってしまいました。終値が百八十三円です。申し訳ありません。それで、大変申し上げにくいのですが、諸々《もろもろ》の手数料も入れますと……一万円ほど不足致します。でも、今日全部閉じて良かったと思います。明日値上がりしたら目も当てられないでしょうから……」

「分かりました。じゃあ、私の買いのポジションは閉じて下さい。あとで数字が固まったら連絡して頂けますか？　では、宜《よろ》しく」

ステファン・デルツバーガーは山一證券「外国部」からの電話をそう言って切った。自分の声が震えていたのが分かった。

◇

そして、帝国ホテルの部屋を出て日比谷公園を歩いた。自然と笑みがこぼれてしまう。

〈手元で計算しただけで……ざっと二十万円の儲けか……日本へ来てまさか自分が大金持ちになるとは思わなかったな。ミスター・フクハラやプロセキューター・クロカワには本当に感謝だ。それにしても、僕はついてる〉

ステファン・デルツバーガーは慎重さと冒険心を兼ね備えた若者だった。

黒川悦男と山一證券に行き、内部情報による帝人株売買に名義を貸してほしいと言われ、その場で承諾したものの、後日、「外国部」に話を聞いてその金額の大きさに怖くなった。

そして、帝人に家宅捜索が入り、帝人株が大きく下がった日に「利益が出ているのなら、ここでポジションをクローズしてくれ！」と電話をかけた。

「外国部」は「証券筋」の事情を分かっているだけにその電話に困惑したが、ステファンにある提案をした。

「どうです？　ここでデルツバーガーさんが買いのポジションを建てられることにすれば？　黒川さんの売りポジションをクローズするのではなく、新たにデルツバーガーさんの買いのポジションも建てておくのです。そうすると、利益確定と同じになりますし、もしそこから下がってくる気配があれば私の判断ですぐに売ってしまいます。如何《いかが》です？

黒川さんたちには黙って取り計らっておきますよ」

ステファンはその提案に乗った。

そのステファンの買いが帝人株の底値になった。その後、じりじりと上昇する株価にステファンは驚く。

そして、黒川がポジションをクローズしたと連絡を受けたその日、自分自身の利益も確定させたのだった。

相場にはビギナーズ・ラックがある。

ステファン・デルツバーガーは途轍《とてつ》もない最初の幸運を摑《つか》む星の下に生まれていた。

そして、その幸運には続きがあった。

黒川悦男は検察の洗面所で顔を洗っていた。

何度も何度も水しぶきを上げながら顔を洗った。途轍もない疲労感を誤魔化し善後策を講じなければならない。

「一万円……」

黒川に現預金は五千円しかなかった。

自分が資金を都合出来なければ、あの担保に入れている帝人株が自動的に処分される。そうなれば自分がしたことが全《すべ》て明るみに出る。あのスイス人も福原憲一も黙っておらず、サミュエル・ジョンソンも動くだろう。

「物証」として『帝人事件』の切り札として登場させる筈の株券は自分の手元から離れていってしまう。

その時だった。

ザクッ！　と大きな音が聴こえた。

「？」

黒川は洗面所内を見回してみたが何も起こっていない。奇妙だなと思った次の瞬間、黒川の頭から肩にかけてザーッと一気に冷たくなっていった。

黒川は自分の血の気が落ちる音を聴いたのだ。それは、死神の衣《きぬ》ずれの音だった。

呆然《ぼうぜん》としている黒川に再び、ザクッと音が襲った。黒川は意識を失った。

◇

福原憲一は耳を疑った。

「黒川検事が死んだ……」

林検事総長から電話でそう聞かされ、頭の中が空っぽになった。

「事件を力強く陣頭指揮し連日連夜の疲れを知らぬ仕事振りに、私も頼もしさを感じるばかりで……体に注意させることを忘れておりました。全て私の不徳の致すところと反省しております。ただ検察は、黒川主任の弔い合戦だと帝人事件の全面勝利に向けて一丸となっております。どうかご心配なく」

『帝人事件』主任検事、黒川悦男は七月二十三日、死去していた。享年四十一歳、突然死だった。

激務による過労死と発表された。

「かっ、株はどうなります。私の株はすぐに返して頂けるのでしょうな?」

「株?　株とは何のことです?」

「帝人株です。私が黒川さんにお貸しした」

「一体何のお話をなさっておいでですか?」

翌日、福原は検事局に林検事総長を訪ねた。

福原は黒川悦男が署名捺印《なついん》した預かり書を差し出し、すぐに株を返せと迫った。

林にとっては寝耳に水の話だ。ただ困惑するしかなかった。

「福原さん。申し訳ないが、このお話を俄《にわ》かに信じることは出来ません。黒川が勝手にこのようなことをするとは信じられないのです」

「だが、ここにこうして預かり書がある。ちゃんと黒川さんの署名と拇印《ぼいん》だ」

「確かに……黒川の筆跡に似てはいます。ですが、このようなもので検察に株を返せと言われても、動きようがないですな」

「よくそんなことが言えますな、あの株はサミュエル……」

と言いかけて福原は口をつぐんだ。

あの株はサミュエル・ジョンソンから借り受けたもの、このままでは国際問題に……それは福原が黒川向けに作った方便だったことを思い出した。あの株は自分のものなのだ。

「訴える！　私は検察を訴えます！」

福原は叫んだ。

その瞬間、林の態度が変わった。

「おやりなさい。我々はその前に詐欺罪であなたを逮捕する。どちらが勝つかはお分かりですな。勲章を賄賂で買う福原さんだ。詐欺の一つや二つは朝飯前ですからなぁ」

そう冷たく言い放った。

福原は引き下がるしかなかった。

翌年、福原の命運はそこで完全に尽きた。

そして、昭和二十一年に福原の売勲事件での有罪が確定する。

福原憲一は寂しく亡くなった。享年、七十三。


「プロセキューター・クロカワが死んだ……」

ステファン・デルツバーガーは山一證券の応接室で「外国部」から黒川の死を聞かされて驚くしかなかった。

「本当にお気の毒なことです。ですが、それで我々は困っているんです。黒川さんのポジションで一万円の穴が開いていまして、これはデルツバーガーさんの利益と相殺になってしまっています」

ステファンはその程度であればと納得した。

しかし、次の言葉に驚愕《きょうがく》する。

「それで、担保に入れて頂いていた帝人株ですが、すぐにお持ち帰りになりますか?」

「株?」

「そうですよ。あなたの株です。あの帝人株です」

デルツバーガーは黒川に名義を貸しただけだと思っていた。株は黒川が福原から借りたものの筈だ。しかし、取引に際して黒川はデルツバーガーのものだと説明し、山一證券もそう処理していた。そうでなければデルツバーガー名義での売買は出来ない。

説明を聞いてステファンは落ち着き払い、

「分かりました。では、頂いて帰ります。私の株券ですから……」

と言った。

ステファン・デルツバーガーは、日本とは黄金の国《ジパング》であることを、その時思い出した。

◇

死んだ黒川悦男の後を継いで主任検事となった枇杷田源介は頭を悩ませていた。

黒川から「帝人株という物証がある」と耳打ちされていたのが、宙に浮いてしまったからだ。全てのシナリオはその「物証」に向けて黒川が書いたもので、黒川が生きている間、それに向けて舞台は順調に作られていたのだ。

その舞台上で芝居が進み、最後に「物証」が登場して全員有罪の大団円を迎える……それを黒川が演出するために捜査や逮捕、取り調べが行われ「自白」も用意されたのだ。

「一体どこにあるんだ……帝人株は？」

見つかる筈のない「物証」に枇杷田はただ苛立《いらだ》つしかなかった。

帝人事件は、黒川の死で瓦解《がかい》した。

ここに至って検察は、無理矢理にでも舞台を作り、筋書きに役者を載せるしかなくなった。枇杷田は河合たちが売買仲介の契約流れで引き受けた帝人株を物証にすることを苦肉の策として考えつく。しかし、株券は河合らが管理する金庫の中にあり、それを検察が秘密裏に取り出して物証とすることなど不可能だった。元々、辻褄《つじつま》が合う筈がない。検察が頑張れば頑張るほど事件は複雑さを増すだけで有罪への合理性から離れていった。

そんな異常な検察の犠牲になったのが逮捕された者たちだった。無茶を通す相手が国家権力なのだ。結果は彼らに悲惨なものになる。


市ヶ谷刑務所の河合良成は、検事の取り調べを五十回近く受けていた。

だが河合はどんな「自白」も拒否し、高木復亭の「河合から帝人株三百株をもらった」という自白についても頑強に否定し続けた。

そのため次第に呼び出しが少なくなり、独房でただ待つだけの日々を多く過ごしていた。

夏にかけて天一坊と名づけた南京虫が夜中に顔の上を這《は》って目が覚めるのには往生した。

いつまで経《た》っても食事の不味《まず》さには閉口したが百五十回咀嚼《そしゃく》を続けて体力の維持を図った。独房の上の小窓から見える空や鳥の声で短歌を作り淡々と日々をやり過ごし、二百日余の獄中生活の後、ようやく保釈された。

その河合には……長く険しい裁判が控えていた。だがトラブルシューター、河合良成の本領はそこから発揮されることになる。

河合良成以外で番町会関係として帝人株売買に関わった永野護、長崎英造、小林中は過酷な取り調べを受けた。

その回数は河合良成の三倍、百五十回以上にも及んでいる。三人とも拷問による自白をしてしまったからだ。

検察は三人を「合法的拷問」にかけた。

それは必ず罠《わな》を仕掛けられてから行われた。

検察官が取り調べでワザと人間性を踏みにじる暴言を吐いて被疑者を怒らせ我を忘れさせる。それで、検察官に摑《つか》みかかったり、机を叩《たた》いて大声を出したりすると、実行された。

予防拘束という名目での革手錠だった。

他人に危害を加えたり、自傷する恐れがある場合にのみ、使用が認められている。腰に太い革のベルトが巻かれ、そのベルトに付けられた革の手錠で手首が固定される。

これをやられると、食事はおろか大小便もままならない。どんな人間でも半日でおかしくなる。

彼らは皆、その拷問に耐えきれず虚偽の自白をしてしまう。

自白した辻褄を検察側の筋書きに合わせるためにまた取り調べられ、さらに虚偽の自白をしてまた辻褄を……という無間地獄に彼らは陥っていた。

「これを認めれば保釈してあげるよ……」

検察の甘言はどこまでも罠にすぎなかった。そうして、彼らは三百日に及ぶ過酷な投獄生活を強いられることとなったのだ。

保釈されたときには三人とも衰弱し、獄死を覚悟して遺書を残していた者もあった。

その三人も二年半にわたる裁判を闘っていった。

◇

昭和十二（一九三七）年十二月十六日。

東京刑事地方裁判所、藤井五一郎《ふじいごいちろう》裁判長は『帝人事件』被告十六名全員に対し、無罪の判決を言い渡した。

「証拠不十分にあらず犯罪の事実なきなり」

という異例の談話まで出された。

藤井裁判長は「あたかも水中に月影を掬せんとする類」という比喩《ひゆ》を用いて検察側主張

の虚構性を厳しく糾弾した。

予審の過程でほぼ全員が自白、公判において全員がそれを否定。

極めて異例な進行となり、予審喚問での証人数百八十五名、公判では百四十名、公判開廷数が二百六十五回という膨大なエネルギーが裁判に費やされた大疑獄事件は、犯罪事実そのものが存在しない「空中楼閣」であると締め括《くく》られた。

判決後、検察は控訴を求めたが、一週間後の十二月二十三日、法務大臣となっていた塩野季彦が「大乗的判断」として、控訴抛棄《ほうき》を決定し、全員の無罪が確定した。

◇

検察が犯罪として主張した点は二つだった。

一つは「贈賄」と「汚職」だったが、これは虚偽の自白と物証が一切ないことで全て退けられた。

もう一つは、河合らの仲介で売買が成立した後の帝人株の上昇を捉《とら》えての「背任」だった。

しかし、株価の値上がりが事前に分かるなど絶対にありえないことは、相場を一度でも経験した人間なら誰でも分かることなのだが、検察は様々な仮説や理屈を捏《こ》ね回し無理な主張を繰り返した。

そして、株価を争点にしたことで検察はもうひとつ大きな間違いをした。それは一番喧《けん》嘩《か》をしてはいけない相手と喧嘩をしたことだった。

東京帝大で「取引所論」を教え、東京株式取引所在任時に様々な株を巡るトラブルを処理してきた株取引の専門家《プロ》中の専門家《プロ》、河合良成だ。

河合は裁判に徹底した準備で臨んだ。

法律知識を貪《むさぼ》るように勉強し、法曹界の超一流の人材を集め被告全員で五十人を超える弁護団を組み、速記者を雇って公判の全発言を記録させてそれを活用するなど、無罪獲得に向けてあらゆる手立てを講じた。

速記費用だけで豪邸が買える金額に上った。カネがなくてはとても出来ない。番町会の絶大な資力があってのことだ。

裁判に際して郷誠之助が莫大《ばくだい》な資金援助を行ったと噂《うわさ》された。

私が長い時間を費やした『帝人事件』の全貌《ぜんぼう》を知る作業は終わりに近づいていた。

帝人事件は政治的『国策捜査』であったことは分かった。犯罪そのものが存在しない「空中楼閣」とした判決も理解出来る。

しかし、何か解せない。

帝人株の取引で河合良成たち番町会が得たもののことだ。

確かに完全無欠の商取引ではある。犯罪とされるものは何も存在しない。

しかし、ファンド・マネージャーとして四半世紀生きてきた私には、どうしても腑《ふ》に落ちないのだ。

「相場を張らずに相場を取っているんじゃないか?」

◇

昭和十四(一九三九)年の晩秋。

『帝人事件』で裁判長を務めた藤井五一郎は、冬に向かう寒さを感じながら夕刻の丸の内仲通りを歩いていた。

これから会う人たち、彼らとの関わりは、法曹として二十年の生活の中でも特別だったと改めて思っていた。

藤井はこの年の九月に裁判官を退官していた。その日、事件に関わった有志による退官慰労の宴に招かれ日本工業倶楽部へ向かうところだった。

藤井五一郎は歩きながら、裁判を巡る様々な出来事を思い出していた。

河合良成氏の奮闘には自分も教わるところが多かったな……と改めて感心したりもした。

日本工業倶楽部の建物の前まで来た時だった。突然、藤井はそれまで完全に忘れていたある光景を思い出した。

「被告人全員を無罪とする」

自分が判決を言い渡した時のことだ。被告の間から歓声が上がり皆が感涙に咽《むせ》んでいる中……ひとりだけ、そう、十六人の被告の中でたったひとりだけ、虚空を睨《にら》みつけている男がいたのだ。

被告の真正面にいる裁判官だけが気づいた奇妙な光景だった。

藤井は建物の中に入るとそのことは忘れ、案内をされて部屋に向かった。

個室になっているダイニング・ルームでは三人の男が藤井を待っていた。

十六人の被告の中の三人、あれから二年近くが経ち三人とも恰幅《かっぷく》が良くなり最初は誰なのか分からなかった。

オードブルが並びシャンパンが抜かれた。呑《の》みながら歓談が続いた。

が、ひとり……ずっと何も言わず思い詰めたような表情を続ける男がいた。

それを気にして別の男がたまらず、どうしたんだ？　具合でも悪いのか？　先生に失礼だろう。藤井先生を御慰労申し上げようと提案したのは君じゃないか……そう男に声をかけた瞬間、

「裁判長！　申し上げます。あの事件、被告の中に加害者がいます！」

その男が声を上げた。

あっ！　と藤井は心の中で叫んだ。

藤井は裁判官らしく心の裡《うち》の動揺を見せることなく冷静に言った。

「あの事件の加害者は検察です。被告十六人全員が被害者ですよ」

「違います！　加害者がいるんです。そのために大勢が犠牲になった。有罪とすべき加害者は、この男です！」

震えながらそう言い放ち、唖然《あぜん》とする男を指差した。

◇

ビクトリア湾内、ジャンクやサンパンが晩夏の海に揺蕩《たゆた》う姿をステファン・デルツバーガーは眺めていた。

昭和九（一九三四）年の九月初めに神戸を出港し香港を経由してマルセイユまでひと月強の欧州に戻る船の上にステファンはいた。

既にサミュエル・ジョンソンを辞めている。スイスに戻って自分の事業を興すつもりで帰路に就いていた。

日本に渡った時は二等船室だったが、今は一等だ。そして、船室のスーツケースの中にはＳＺＫの風呂敷に包まれた帝人の株券がノートと一緒に入れられている。検事の黒川悦男への名義貸し売買で得た二十万円は、スイスの自分の銀行口座に東京から送金してある。

ステファンは帝人の株を手にしてから、帝人という企業を徹底的に調査した。そして、将来有望な成長企業であると確信した。

〈この会社の株は投資として持てる。これから何倍、いや何十倍にもなる可能性がある〉

そう考えて換金せずにスイスへ持ち帰ることにしたのだ。

〈ミスター・フクハラには悪いことをした。そこは悔やまれるが……あれだけの株をずっと放っておけるのだから相当な資産家なのだろう。そう思えば気は楽だ〉

そして、ステファンは福原憲一と食べたプランクド・ステーキを思い出した。

〈あのステーキは美味《うま》かった。あれを御馳走《ごちそう》してくれたことも含めて、ミスター・フクハラには本当に感謝だな……〉

ステファンは、横浜のホテル・ニューグランドのメイン・ダイニング『ル・ノルマンディ』での福原との会話を思い出していた。

「私には、さっきのお二人のお話は全く分からなかったのですが、どういう内容だったのですか？　差し支えなければお教え下さい」

「うん。まぁ検事と会ったのだから普通のことではない。私の英語では説明が難しい……。簡単に言うと、悪い奴を捕まえてもらう相談だったのだ」

「悪い奴？」

「そうだ、私の宝物を奪った男だ。河合という名の男だ」

そう言うと福原は何かを思い出したように表情が厳しくなった。そして、吐き出すように言った。

「河合は悪党だ。あいつは本物の悪党だ！」

ステファンは顔を歪《ゆが》めてそう言う福原をじっと見つめた。福原の怨嗟《えんさ》の言葉は、下手な英語が却《かえ》って力を持ち、ステファンの記憶に呪文《じゅもん》のように刻まれた。

ＫＡＷＡＩは悪党だ。本物の悪党だ。

◇

「加害者はこの男です！」

日本工業倶楽部の一室、『帝人事件』で裁判長を務めた藤井五一郎は、そう叫んで立ち上がり震えながら同席の人物を指差す男を、じっと見つめた。

小林中だった。

そんな小林に指を差され驚き目を見開いて凍ったようになっていたのが河合良成だった。隣にいる永野護も驚愕の表情だ。

小林中は帝人株のディールに際して、河合良成による台湾銀行との交渉を手伝い、永野護とは東京の生保団を纏《まと》めることに奔走して大きな貢献をした。自分はグループで一番若いが立派に仕事を成し遂げたとの自負があった。契約を放棄されて浮いた帝人株を一番多く引き受けてやったのも自分だ。

その小林に、どうしても納得出来ないことが起こった。河合と永野が帝人の取締役に入ると決まったことだ。

番町会は株主でも何でもない。ただ株の取引を仲介しただけだ。

「どういうことです？　どんな理屈でそんなことになるんですか？」

築地倶楽部に河合と永野の三人で集まった時だった。

そう訊《き》いた小林に、河合は平然と言い放った。

「経営監督責任だよ。我々の仲介で株主になってもらった先への。帝人の業績が悪化して株価が下がっては仲介者として株主に申し訳ないだろう」

「そんなのは勝手な理屈じゃありませんか。何の権限もないのに経営に参画出来るなんて虫が良すぎる」

小林は食い下がった。

「現経営陣も大株主も歓迎してくれている。つまり、我々の能力を評価してくれていると いうことだ。それとも、君はもっと適切な人間がいると言うのかい」

河合は冷たい口調で小林にそう言った。

でもそれは……と小林は言おうしたが、議論で河合に敵《かな》う筈はないと引き下がった。

「小林君は随分、突っかかりましたね」

小林が部屋を出て行き、河合と二人きりになってから永野護は言った。

「若いからな。でも今度の我々のディールの本質である新しさを見抜いている。小林君は流石《さすが》だよ。あの男、生意気だが出世するよ」

そう言って河合は煙草《タバコ》に火を点《つ》けた。

「河合さんが言う新しさとは？」

河合は意外だという顔つきをして永野を見た。

「我々がやったことは、福原憲一がやろうとしたことを洗練させただけなんだよ。株を右から左に動かすだけで、その会社を頂戴《ちょうだい》する。ノーリスクのディールで会社を支配してしまう。福原は表向きの株の仲介で濡《ぬ》れ手に粟《あわ》の大儲けを目論《もくろ》んだから嗤《わら》われて失敗した。我々は表向きの株の売買は市場に忠実に行い、仲介の手数料も妥当な額しか取っていない。

そんな表の取引に世間の目は集中する。しかし、我々の真の目的は違った。帝人という成長企業を支配することだった……相場を張ることなしに相場を取ったんだよ」

永野は、ごくりと音を立てて唾《つば》を呑み込んだ。背中に一筋の冷たい汗が流れるのを感じた。

河合は続けて言った。

「僕は昔、天一坊という相場師と戦ったことがある。買い占めで有名な相場師だ。天一坊は策を弄しながら買い占めを進めて乗っ取りを完成させる。だが、それは相場だ。常にリスクを取っていてそのリスクは大きい。現に天一坊は何度も失敗していた。相場を張る、リスクを取るなど、もう古いんだよ。相場など張らずとも、知恵と情報網を持ってさえいれば、ノーリスクで会社を支配することが出来る。カネや情報を仲介するだけで、経営陣のファイナリスト《有力候補者》になれる。僕ら番町会は、帝人でそれに見事に成功しただろう。今の時勢を見て君は不安にならないかい？　仮に大株主になったとしてもあっという間に国家に接収される可能性が高いじゃないか。優れた企業であればあるほどそうだ。カネによる支配がこれほど脆弱《ぜいじゃく》な時代もない。我々が主張している『修正資本主義』だって社会主義の亜流だろ。時代は変わろうとしているんだよ。これから企業や産業を支配するのはカネではない。情報処理能力が支配する時代になる。カネや暴力による世界の支配が終わった後に間違いなくそうなる。それを我々は先取りしたんだよ。カネは有限だが情報処理能力は無限だ。我々のやったことの延長線上には経済全体の支配だって視野に入ってくる。我々はいろんな会社の役員に就いているが、全て郷さんという財界世話業の後ろ盾があってのことだ。郷さんだってもうお年だ。先を見越して将来の財界、そして日本経済を我々で支配する仕組みを作っておかなくてはならない。そのプロトタイプが帝人のディールだったんだよ」

河合がずっと手にしている煙草から灰が大きな塊になって落ちた。

そんな河合を永野は心底恐ろしく感じた。

自分達が帝人の取締役になったのは、河合が言う経営監督責任という綺麗《きれい》な言葉に則《のっと》ったものだとばかり思っていたからだ。だから、一定期間を過ぎればすぐに取締役から退くものと考えていた。

「さて、帝人の新社長には高木を据えたが、どうする？　次は君がなるかい？　それとも僕がやろうか？　我々の決定に反対出来る者はいないと思うがね」

永野護は言葉が出なかった。

その河合の言葉に凍りついていた人間がもうひとりいた。小林中だった。

小林は部屋を出た振りをして、ドアの陰でずっと二人の話を聞いていたのだ。

小林中は帝人事件で逮捕投獄され、拷問に負けて嘘《うそ》の自白をした自責の念に苛《さいな》まれながら、三百日に及ぶ過酷な獄中生活を送った。小林は途中、肝機能障害を起こし死を覚悟した。

小林は子供に宛《あ》てて遺書を書いた。

「お父さんは悪い人に騙《だま》されて、こんなことになってしまった……」

悪い人とは、河合良成のことだ。

なんで自分がこんな目に遭わなくてはならない！　全て河合が帝人を乗っ取ろうとしたせいじゃないか。その思いがずっと小林の心の奥深くに残っていたのだった。

「加害者はこの男です！」

そう叫んだ後、小林中は思いの限りをぶちまけていった。三人はただじっとそれを聞き続けた。河合良成も永野護も俯《うつむ》いたままだった。

藤井五一郎は言った。

「小林さん、どんなものにも裏と表がある。私も事件を担当して会社経営や経済のことを随分勉強させてもらった。ある人間にとっての会社の再建は別の人間には乗っ取りになる。でもそんな相対を超えて動くダイナミズムが会社をそして経済を成長させ、国に発展をもたらすのではないでしょうか？」

小林中はただ泣いていた。藤井の言葉が耳に届いたかどうか窺《うかが》い知ることは出来ない。

窓の外の丸の内のビル街には、木枯らし一号と名づけられる冷たい風が吹いていた。

無罪判決の後、番町会は二度と開かれることはなかった。

そして、昭和十七（一九四二）年に郷誠之助が亡くなると、渋沢栄一から受け継がれた財界世話業は消滅した。

日本はその後、太平洋戦争という渦に呑み込まれ、未曽有《みぞう》の敗戦を経験する。

戦後、永野護は衆参院の国会議員を務め運輸大臣にもなり活躍する。

河合良成は小松製作所の社長、会長としてその成長を牽引《けんいん》し中興の祖とされるほどの高い経営能力を発揮する。

そして、小林中は、富国生命社長、東急社長、日本開発銀行総裁、アラビア石油社長などを歴任し財界の巨星と呼ばれ、経済界や政界に大きな影響を与える存在となっていった。

彼ら三人は経済社会の表も裏も知り抜いた人間として戦後の高度経済成長を支えた。

エピローグ

チューリッヒのJから二週間後に来日するとのメールが入った翌日、私はある人物からの電話を受けた。

「梅本さんの居所が分かりました。連絡がつきそうです」

連絡してきたのは経営破綻《はたん》した山一證券出身で米系証券会社に勤める人物で、かつて私の担当セールスをしていた男だ。

私は、もしステファンが帝人株に何らかの関《かか》わりを持ったとすれば、当時大手証券として外国人と取引のあった山一を使った可能性が高いと睨《にら》み、その男に協力を依頼したのだ。

鎌倉の博古堂で番町会の円卓の証拠を見つけ、弘前でSZKのノートの持ち主が福原憲一と分かったように、私は何か摑《つか》めるのではと期待を持っていた。

すると、山一の帳票管理の主と呼ばれた梅本という老人の存在を教えてくれた。

管理畑一筋に四十年以上の経験を持つ梅本氏は昔の帳票や帳簿のコレクターとして有名だというのだ。本来過去の帳簿は数十年経過すれば溶解処分されるが、梅本氏はその中の面白い取引部分をこっそり抜き出してはコレクションしていると噂《うわさ》されていたという。

「戦前の帳簿を梅本さんが持っている可能性はあるかな？」

「それは当たってみないと分からないですね。でも空襲がありましたから、残っているとは思えませんね」

数日後、私は茅場町《かやばちょう》の証券会館一階のロビーにいた。梅本氏との待ち合わせのためだ。

約束の時間に梅本氏は現れた。白髪を短く刈り込んだ背の低い職人風の容貌《ようぼう》の持ち主で、七十代後半に見えた。今は年金で細々と暮らしているという。

私は近くの喫茶店に誘った。

「戦前の帳簿に興味がおありだそうですね」

煙草《タバコ》に火を点《つ》けると梅本氏は言った。物腰は丁寧だ。

「戦前の山一の経営陣は実に立派だったんですな。戦争が激しくなってきた時には帳簿を正副ダブルで作らせ、副本は千葉の防空壕《ぼうくうごう》に定期的に疎開させていたんです。だから戦後になっても戦前の取引が全てちゃんと確認出来ました。そんな風に管理業務に万全を期すことはかつて山一の良き伝統だったんですよ。その山一が帳簿を操作しての飛ばしで破綻するとは……OBとしてあれほど情けないことはなかったです」

「戦前の帳簿は今もあるんですか？」

「私が高校を卒業して山一に入社した頃は会社が管理していました。木場の倉庫に保管されていたんです。しかし、昭和四十年の証券不況で山一が経営危機に陥って日銀特融で救済された後、コスト削減の一環として処分されました。ただ、当時の私の上司がそのうちの一部を自分の栃木の実家の蔵に保管したんです。帳票や帳簿というものは管理しているうちに情が移ってくるものでしてね。我々管理屋にとっては子供のようなものなんです」

梅本氏は亡くなった上司からその管理を引き継いだという。

「昭和九年の外国部の帳簿がありますかね」

私がそう言うと一緒に栃木まで行ってくれるという。週末、出かける約束をした。

東北自動車道の那須塩原ICで降りて十五分ほど走ったところが目的地だった。

晴天の下、稲穂の黄金色の絨毯《じゅうたん》がどこまでも広がっている。

その家は、かなりの豪農で黒松や樫《かし》の木の防風林に囲まれた屋敷の敷地が一千坪はありそうだった。

大きな蔵が三つも並んでいる。そのうち戦前からあるという最も古いものへ梅本氏に連れられていった。

土蔵造りとなっている蔵の外壁は白漆喰総塗籠《しろしっくいそうぬりこめ》になっている。よく手入れされていて渋い白さが保たれていた。

観音開きの重い扉を開き、次の引き戸を開けて梅本氏が中に入り、私も続いた。

二人とも大型の懐中電灯を手に持っている。

「漏電が怖いんで、中に電気設備は一切ありません」

梅本氏は奥に進んでいった。

中はひんやりとして心地よい、黴臭《かびくさ》さも感じない。

「年代別に段ボールを分けてあるんですが……」

懐中電灯の灯《あか》りで棚にずらりと並んだ箱の書付けを確認していく。

「『昭和六年―十年』……あるとすればこの中ですね」

梅本氏は懐中電灯を私に手渡すとその段ボール箱を取り出し、軽々と蔵の外へ運び出した。

母屋の縁側を借りて、中の帳簿を出していった。梅本氏は丁寧にひとつひとつ布で拭《ふ》きながら並べていった。その態度に帳簿への深い愛情が伝わってくる。

「『外国部・昭和九年』……ありましたよ」

梅本氏は見つけ、私に手渡した。

革張りの帳簿はズシリと重く、頁《ページ》を開くとインクの匂《にお》いがした。

昭和九年四月の売買を一行ずつ慎重に見ていった。

「いた！」

Mr. Delzberger, Stephan Teijin Stock Credit Short Selling ……

◇

私は溜池のＳＣＵＢ日本支店の一室でＪと向き合っていた。

Ｊは帝国人造絹糸の株券を持って来日していた。現在の帝人の株主権利事務を取り扱う日本の信託銀行に、その存在をどう認めさせどう扱わせるかの交渉のためだった。

「色々な意味で障害は多いが……チャレンジするつもりだ」

Ｊは私にそう語った。

そして、ステファン・デルツバーガーと帝人株の繋《つな》がりやノートを書いた人物を突き止めた私を労《ねぎら》ってくれた。

「ステファンが福原憲一と知り合ったこと、大量の帝人株を担保に信用の売買で大儲《おおもう》けしたのは、サミュエル・ジョンソンにいたことと関係していると思います。しかし、何故《なぜ》それを日本から持ち出したのか？　そして何十年もの間、金庫にしまい込んだままにしたのかは謎《なぞ》のままですね」

私がそう言うと、Ｊは少し考えてから、

「それは……彼なりの過去の封印だったのかもしれない。あくまでも推測だがね」

と言った。

「どういうことですか？」

Jは厳しい顔つきになった。

「今からする話は……スイスの歴史の恥部でもある。だから、特別な関係の君にだけ話すのだという認識は、しっかり持って聞いてくれるか」

Jはその話を私にすることの許可はステファン・デルツバーガーの息子からももらってあると言った。

ステファン・デルツバーガーの第二次大戦前後の空白の過去が埋まっていた。それは、あの地下の大金庫から出てきた帝人株以外の有価証券から判明していった。

ステファンは第二次大戦前、ドイツとの国境に近い街、シャフハウゼンにある機械メーカーの大株主になっていた。サミュエル・ジョンソンを辞めてスイスに戻ってからのことだという。

どうやって購入資金を捻出《ねんしゅつ》したのかが彼らの謎だったが、それは私の調査で判明した。

「その会社に何か問題でも？」

Jに訊《たず》ねると顔を曇らせて言った。

「スイスが永世中立国であることは、知っているね？」

「もちろん」

「永世中立国は第三国同士が交戦状態にある場合、一方の国に対して武器の輸出は禁じられている」

「ええ」

「ところが、第二次大戦中に密輸出をしていた企業があったのだ」

ここで私は理解した。

「ステファンの会社がナチス・ドイツに武器を……」

Jは頷《うなず》いた。

◇

ステファンはスイスに戻る旅の間、日本で得た大金の使い途をずっと考え続けた。

「事業を興すには、今の世の中は危険だな」

サミュエル・ジョンソンで機械や薬品の貿易に携わっていたから多くの国が戦争の準備をしているのは武器弾薬の材料の流れから分かる。

「どうする？　ここはひとつ戦争に賭《か》けるか」

そう決心したステファンはスイスに戻って、軍需企業への投資を研究した。

英米独仏の会社は、どこが勝ってどこが負けるのか予想がつかない。負ける国の会社に投資をしては全《すべ》てを失う。

「確実に戦争で儲かる投資先はないか？」

ステファンは検事の黒川悦男のことを思い出した。内部情報で絶対確実な儲けを狙《ねら》いながら失敗した黒川にはなりたくない。

「さらに深いもの、それを使って儲かる企業……そして、戦争になっても絶対に巻き込まれない企業、そんな企業を見つける……」

ステファンはここで悪魔のようなアイデアを思いつく。

そして、スイス国内で他国との国境に近い街にある機械メーカーを片っぱしから調べていった。すると、ドイツ国境に近いシャフハウゼンにその企業はあった。

中堅の機械メーカーでスイス軍への武器の納入にも実績があり工場内に設備を拡張する余裕があった。

ステファンは、社長と会って株主になることを申し出る。そして、自分が払い込む資金で増産への設備投資をしてほしいと願い出た。

社長は怪訝《けげん》な顔になった。

「株主になって頂くのは有り難いが、設備投資は無駄ですよ。こんな不況ですから」

「機械生産ではありません。私がお願いするのは武器の生産設備です」

「軍からの発注は年間で決められています」

「誰がスイス軍に売る武器だと言いました」

そう言って、ステファンは微笑《ほほえ》んだ。

ステファンはサミュエル・ジョンソンにいた頃からドイツ軍の武器調達について熟知していた。そのルートを使い、戦争が始まりドイツ国内での武器生産では追いつかない場合、生産を請け負う秘密契約を結んだ。代金の決済にはナチス・ドイツがスイスの銀行に預けてある金《ゴールド》を使うことも条件に入れた。

ステファンはこうして、自らの手で完璧《かんぺき》な投資先を創ったのだ。

戦争になると必ず大きな「商品」の需要があり、かつ資金回収に問題がない。そして、その「商品」の供給元は絶対に戦争に巻き込まれない。

そんな会社の大株主に、ステファンはなったのだ。

戦争が始まるとすぐに注文は来た。それも大量の注文だった。

「本当に確実な投資とはこういうことだ……」

一年以上にわたり、莫大《ばくだい》な利益を上げ続けたステファンはそう呟《つぶや》いた。

ステファンは連合軍を甘く見ていた。

連合軍はスイスからドイツに武器が密輸されている事実を突き止めた。そして、密輸工場への攻撃が秘密裏に実行された。

連合軍は、大規模な「誤爆」を行ったのだ。

永世中立国・スイスに対して、公式に「誤爆」を陳謝するだけで秘密作戦は完了した。

全《すべ》てが破壊し尽くされ煙がくすぶる工場の跡に立ってステファンは狂ったように笑った。

腹の底から無限に笑いが湧《わ》いてくる。

「絶対確実な投資……そんなもの、やはりこの世にはなかった……黒川検事《プロセキューター・クロカワ》」

ステファン・デルツバーガーは、その時を境に生まれ変わろうと決心する。

そして、銀行の地下金庫に過去の履歴を全て封印し真の企業創造に乗り出していった。

その結果、戦後大きな成功を収め立志伝中の人物となったのだ。

◇

「過去を封印した……」

Jの説明を聞き、私は帝人株もステファン・デルツバーガーが封印した過去の一つだと考えるようにした。

「それにしても……」

私は言った。

「どんなに封印しても、今現在の我々の前には欲望の糧となって蘇《よみがえ》ってくる。株というものは、永遠ですね。世界や歴史がどのようになろうと、正にファイナリスト《選ばれし者》ですね」

私のその言葉に、Jは黙って頷いた。

本書は、二〇一二年十一月に単行本として刊行された『疑獄　小説・帝人事件』（扶桑社刊）のタイトルを変え、文庫化したものです。

Haruki Bunko
ハルキ文庫

は 11-8

悪魔《あくま》の封印《ふういん》 眠《ねむ》る株券《かぶけん》

著者 波多野《はたの》 聖《しょう》

2015年2月18日第一刷発行

発行者 角川春樹

発行所 株式会社角川春樹事務所
〒102-0074 東京都千代田区九段南2-1-30 イタリア文化会館

電話 03(3263)5247(編集)
03(3263)5881(営業)

印刷・製本 中央精版印刷株式会社

フォーマット・デザイン 芦澤泰偉
表紙イラストレーション 門坂 流

ISBN978-4-7584-3876-6 C0193 ©2015 Shō Hatano Printed in Japan
http://www.kadokawaharuki.co.jp/ [営業]
fanmail@kadokawaharuki.co.jp [編集] ご意見・ご感想をお寄せください。